ALICIA
EN EL PAIS DE LAS MARAVILLAS

LEWIS CARROLL

ALICIA EN EL PAIS DE LAS MARAVILLAS

*Ilustraciones
de Tenniel*

Ediciones Gaviota, s.a.
MADRID · ESPAÑA

Título original: *Alice's Adventures in Wonderland*
Traducción: *Joëlle Eyheramonno*

TERCERA EDICION

© EDICIONES GAVIOTA, S. A. - MADRID
Reservados todos los derechos
ISBN: 84-392-8004-1
Depósito legal: LE: 261 — 1986
Printed in Spain - Impreso en España

© EDITORIAL EVERGRAFICAS, S. A.
Carretera León-La Coruña, km 5 - LEON

INTRODUCCION

LEWIS CARROLL

Sus años de infancia

Lewis Carroll es el seudónimo literario de Charles Lutwidge Dodgson, autor de diversas obras dedicadas a los niños, llenas de fantasía y humor, como ésta de «Alicia en el país de las maravillas».

Charles Dodgson nació el 27 de enero de 1832, en un pueblecito de Inglaterra, llamado Daresbury. Su padre era el pastor de la parroquia. Fueron once hermanos. Charles era el mayor de ellos.

Su padre era una persona muy activa, de un temperamento sensible y con un sentido muy estricto acerca de la piedad y la comprensión entre los hombres. Destacó también como un gran matemático. La madre de Charles era una persona dulce y cariñosa.

Charles Dodgson vivió en el seno de una familia de ideas muy fijas, con un ambiente preestablecido y con un tipo de educación claramente fijo. De ahí que él mismo participara de las propias ideas morales de su padre, e incluso de su misma afición por las matemáticas.

Todos los hermanos tenían la particularidad de que eran zurdos y también algo tartamudos. Desde niños, sus padres se esforzaron en que tomaran el hábito de usar la mano derecha en lugar de la izquierda, pues pensaban que ser zurdo era algo defectuoso, cosa que ocurre aún hoy día; y quizá de ahí le venga la obsesión que se observa en sus obras hacia un mundo invertido. Ya de mayor, a veces, le venía en gana escribir cartas empezándolas por la firma y acabándolas por el encabezamiento. Como ejemplo, podemos mostrar una carta dirigida a Nelly Bowman:

«D.L.C. Quiere te que tío tu. Nieto su a destinarla a obligada visto hayas te que y, años 80 u 70 durante olvidado hayas le que pena qué: él por afecto gran tu sorprende me no y, encantador viejo un era. Hacerlo debido has que él por es también y, *abuelo* mi era época aquella en vivido había que "Dodgson Tío" único el. Nacimiento mi de antes mucho ocurrió esto pero. "Dodgson Tío el para bonita cosa una hacer a voy", comenzarla al pensaste tú que, nada dijera me ella que sin, comprendido he, naturalmente, y: años muchos hace hecho habías la que contado ha me ella. ¡Isa dicho ha lo me! ¿Destinada estaba quién a enteré me cómo sabes? ¡Conserva se bien qué y! Abuelo mi para confeccionado habías que sillón de funda bonita la dado haberme parte tu por gentil qué, Nelly querida mi».

Se ha señalado también que su tartamudez fue la causa de haber descubierto ciertas palabras con doble significado, ya que al intentar expresarse rápidamente, a veces, el vacilar en la pronunciación, le llevaba a juntar dos palabras en una sola, como «misébiles», que significa miserables y débiles, al mismo tiempo.

En 1843, cuando Charles Dodgson contaba once años de edad, su padre fue trasladado a la parroquia de Croft, pequeño pueblecito de Yorkshire, a corta distancia de Darlington. Este cambio supuso una cierta transformación en el ambiente cerrado de toda la familia, que se hizo más amplio, diferente. Se cuenta de Charles que por estos años era un muchacho muy alegre y simpático, con un carácter muy vivaz y elocuente. Era un gran prestidigitador que hacía bellos juegos de manos y divertía a sus hermanos y vecinos del pueblo, quienes quedaban admirados de su gran genio.

Pronto comenzó sus aficiones literarias; él mismo, con la ayuda de sus hermanos, construyó un pequeño escenario de marionetas donde se representaban obras que el propio Charles escribía.

El comienzo de su obra

A los doce años de edad, Charles componía ya versos en latín. Estudiaba por entonces en un colegio de Richmond, donde le había enviado su padre. A los trece años, en 1845, escribió una pequeña historia titulada El desconocido, que le fue publicada en la revista que editaba el colegio.

Al año siguiente, en 1846, entró en el colegio de Rugby, el cual no le dejó muy buenos recuerdos; ya que era un centro extremadamente riguroso, muchas veces, violento, donde los jóvenes eran educados a golpes por quienes demostraban muy poco sentido acerca de la enseñanza.

Pasada esta dura etapa, cuatro años más tarde, en 1850, contando ya dieciocho años de edad, Charles Lutwidge Dodgson ingresó en la Universidad de Oxford, una de las más prestigiosas del mundo en aquel entonces y también ahora. Se licenció en Letras en 1854, y fue nombrado «Maestro de la Casa» y subbibliotecario al año siguiente.

Comienza a colaborar en varias revistas, como «The Comic Thimes» y «The Traim», y es entonces cuando piensa que sería conveniente escoger un pseudónimo para firmar sus artículos. Discurre varios: Lewis-Ludovicus-Lutwige; Carroll-Carolus-Charles. Al final, se queda con el de LEWIS CARROLL, al sugerírselo el editor de la revista «The Traim», a quien había consultado.

En este tiempo, después de una profunda meditación personal, planteándose la conveniencia de elegir este camino, se decidió por la vida religiosa, siendo ordenado diácono en Oxford.

Lewis Carroll trabó gran amistad con las hijas del decano de la Facultad de Letras. Se llamaban Lorina, Alicia y Edith. Las tres jugaban muy a menudo en el jardín de la biblioteca y allí las conoció Lewis, siendo bibliotecario. Muchas veces salía de paseo con ellas y las contaba cuentos e historias fabulosas de su invención.

Nace «Alicia en el país de las maravillas»

Entre estas narraciones surgió un día Las aventuras subterráneas de Alicia, *escritas para su pequeña amiga Alicia. Más tarde, esta obra se convirtió en* Alicia pasa una hora en el país de los Elfos, *y, finalmente, se titularía como* Las aventuras de Alicia en el país de las maravillas, *cuyo título original en inglés es* Alice's Adventures in Wonderland. *Era el cuatro de julio de 1862. El argumento de la obra consiste en lo siguiente:*

La pequeña Alicia cae en una madriguera de conejos y llega a un lugar subterráneo donde encuentra una bebida y unos pasteles mágicos que hacen a la niña empequeñecer y crecer alternativamente. Más tarde, Alicia rompe a llorar y forma un profundo charco con sus propias lágrimas; cae en el charco y allí tiene que nadar entre una serie de animales muy raros y extravagantes. Llega, por último, a un jardín encantado y se encuentra con personajes extraños que le hablan de una manera confusa y absurda, pero que, a veces, llegan a conclusiones lógicas. Termina la historia al despertarse Alicia y volver a la vida real.

En principio, el cuento no pasó de ser un simple manuscrito que Lewis Carroll entregó a su amiga Alicia como regalo. Sin embargo, más tarde, ante la insistencia de varios amigos que lo leyeron, se decidió a llevarlo al editor McMillan, aunque finalmente lo publicaría por cuenta propia.

La historia de «Alicia en el país de las maravillas» fue ilustrada por el dibujante Tenniel, quien, no obstante, tuvo algunos conflictos con Carroll, ante la minuciosidad de éste.

La primera edición apareció a la luz pública el 4 de julio de 1865, tres años después de que Carroll se la contara a sus tres amigas. La obra constituyó un autén-

*tico éxito según los comentarios de la crítica y en se-
guida se tradujo a varios idiomas: francés, italiano, español, árabe.*

Otras obras de Lewis Carroll

*En 1867, Lewis Carroll termina de escribir el relato
titulado* El desquite de Bruno, *de donde luego saldría
una novela:* Silvia y Bruno.

*El mismo año, apareció publicada una obra matemá-
tica de difícil interpretación; su título,* Tratado elemental
de los determinantes.

*En 1868, es decir, al año siguiente, se publicó la obra
titulada* El libro V de Euclides; *de gran claridad y fácil
manejo, terminó convirtiéndose en un manual para los
estudiantes de Licenciatura.*

*Este mismo año de 1868, el 21 de junio, concreta-
mente, moría el padre de Charles Dodgson.*

*En 1869, Lewis Carroll publicó una colección de poe-
mas titulada* Fantasmagoría; *el título se debe al poema*

más largo que lleva el libro. Fue ilustrado por Florence Montgomery.

Una nueva obra sobre Alicia

Cierto día, estando Lewis Carroll de paseo por los jardines de Kesington, se encontró con unas niñas que estaban jugando; había una que precisamente se llamaba también Alicia, como su otra amiga. Carroll se acercó a ella y, conversando, trabó en seguida amistad. Un día le regaló una naranja y le preguntó a la niña en qué mano la tenía; ella contestó que en su mano derecha; Carroll la colocó frente a un espejo y le preguntó: y ahora, ¿en qué mano está la naranja?». La niña contestó que en la izquierda; Carroll le señaló que cómo se explicaba tal cosa; entonces Alicia le dijo: «bueno, pero si me coloco detrás del espejo, la naranja estaría en mi mano derecha». Lewis Carroll le comentó que «esa era una buena respuesta».

*Se dice que este hecho fue la idea que originó el nuevo libro titulado **A través del espejo y lo que Alicia encontró*** al otro lado, *publicado en 1871, y que constituye más bien una segunda parte de la obra anterior.*

La historia comienza cuando Alicia pasa a través de un espejo y se encuentra con un país en forma de ajedrez. Alicia es un peón blanco que va pasando distintas aventuras, a menudo que avanza posiciones. Termina cuando llega a ser Reina y despierta de su sueño, dándose cuenta que la Reina roja que tenía entre sus manos era su gatito negro.

Esta obra fue también ilustrada por Tenniel, surgiendo nuevamente las mismas divergencias entre autor e ilustrador que en el libro anterior.

El éxito de esta obra fue espectacular, mucho mayor que la precedente. Así lo reconoció la crítica en general.

Carroll se vuelca en su obra literaria

Lewis Carroll no cesa de escribir. Tres años después de haber aparecido el nuevo libro sobre Alicia, en 1874, sale a la luz, como obra anónima, Notas de un Bizuth en

Oxford. *En 1876, aparece* La caza del Snack, *considerada también como una de sus mejores obras. Así mismo, en 1879, se publica* Euclides y sus rivales modernos, *libro, como su título indica, volcado en el área matemática, pero no exento de grandes recursos literarios.*

En 1882, Carroll deja sus funciones docentes en el Christ Church, y es entonces cuando se dedica más intensamente a su creación literaria. Salen nuevas obras a la luz, como Euclides I y II *y* ¿Rima? *y* ¿Razón?, *en verso; también,* Una historia embrollada, *donde intenta un libro matemático no exento de un gran contenido humorístico.*

En 1887, aparece El juego de la Lógica, *un manual elemental infantil de Lógica.*

Dos años después, en 1889, aparece Silvia y Bruno, *una novela de cierto contenido moralizante, expresado con gran delicadeza y ternura, pero carente de una completa falta de unidad en la exposición de los temas.*

Al año siguiente, en 1890, sacó una edición de «Alicia» abreviada, para los niños de más corta edad. Nuevamente fue Tenniel el encargado de la ilustración y McMillan de la edición de la obra.

Un hombre de difícil personalidad

Charles Dodgson fue durante casi toda su vida una persona extravagante y rara, sobre todo, en sus últimos años. Se dice que hubo ocasiones en que enviaba los manuscritos al editor rotos en pedazos para que éste recompusiera semejante rompecabezas siguiendo las instrucciones que aparte le enviaba.

Tenía también costumbres raras con sus amigos, a los que sólo le apetecía visitarles si era improvisadamente; no le gustaban las invitaciones. O si iba a comer a un restaurante, llevaba consigo el vino que pensaba beber en el almuerzo.

Por otro lado, se dice que era una persona extremadamente metódica y ordenada. Siempre se levantaba a la misma hora, y durante la jornada distribuía sus ocupaciones prácticamente igual todos los días. Lo que sí solía aprovechar para escribir era la noche. A veces, se le veía a altas horas de la madrugada empeñado en sus creaciones literarias.

Aparte de ello, se dice también que, a veces, era muy generoso. Muchos de los ingresos que obtenía de sus obras literarias o científicas, que debieron ser bastante cuantiosos, los distribuía desinteresadamente entre sus amigos o a quien le parecía.

El 14 de noviembre de 1898, Charles Lutwidge Dodgson, o Lewis Carroll, moría a causa de una fuerte gripe complicada con una congestión pulmonar. Contaba sesenta y seis años de edad.

Había llevado una vida más bien cómoda, burguesa, y, a veces, monótona, en sus años de profesor en Oxford. Esta rutina cotidiana es lo que quizá ayudara a formar el ambiente preciso de donde salían todas esas creaciones imaginarias y fantásticas, que él supo adecuar genialmente para llegar a realizar excelentes obras literarias y científicas.

✳   ✳   ✳

LAS AVENTURAS DE ALICIA EN EL PAIS DE LAS MARAVILLAS

Surcando lentamente la tarde rosa y oro [,]
por el agua tranquila, ociosos, navegábamos,
a pesar de los remos dejándonos llevar:
gráciles y menudos, los brazos que remaban
en vano pretendían con sus manitas frágiles
nuestra derrota errante y sin rumbo gobernar.

¡Ah, qué crueles eran las tres! No haciendo caso
del bálsamo del día y los sueños de la hora,
un cuento me exigían, tenaces, sin cesar.
Era mi voz tan débil, tan tenue era mi aliento,
que no hubiera movido con mi soplo una pluma:
¿cómo tal voz podría contra su porfiar?

Prima, la más osada, ordena fulminante:
"¡Vamos, empieza el cuento!" Secunda, más amable,
espera "que haya cosas absurdas a granel".
(¿Acaso está pidiendo que sea un cuento mágico?)
Y Tertia, la pequeña, el cuento me interrumpe
una vez por minuto, solamente una vez.

Hecho, al fin, el silencio en medio de la tarde,
el hechizo del cuento lleva su fantasía,
en pos de aquella niña soñada tan audaz,
a un país lejano de raras maravillas,
donde los animales y los pájaros hablan,
¡y casi creen ellas que allí están de verdad!

Y cada vez que el pobre narrador les decía,
agotada la fuente de su imaginación,
"... y la próxima vez el resto os contaré",
procurando aplazarlo hasta el día siguiente,
pedían que siguiera el cuento comenzado
las tres gritando a coro: "¡Ya es la próxima vez!"

Así fue apareciendo el país maravilloso...
Alicia, poco a poco, con todas sus andanzas
y extrañas aventuras forma y cuerpo tomó.
Y cuando nuestro cuento a su fin se acercaba,
alegres y felices el timón nos condujo
de vuelta a los hogares mientras caía el sol.

Recibe ahora, Alicia, este cuento infantil
y con manos amables deposítalo luego
donde yacen los sueños de la vieja niñez
tejidos como místico laurel de la Memoria,
cual corona de flores secas[2] de peregrino
recogidas muy lejos, en la tierra de ayer.

Capítulo 1

POR LA MADRIGUERA DEL CONEJO

Alicia[3] empezaba a cansarse de estar sentada con su hermana a la orilla del río sin hacer nada: una o dos veces había echado una ojeada al libro que leía su hermana, pero no tenía ilustraciones ni diálogos. "¿Y para qué sirve un libro sin ilustraciones ni diálogos?", pensaba Alicia.

Se preguntaba (lo mejor que podía, pues el calor de aquel día la adormecía y atontaba) si por el placer de tejer una guirnalda de margaritas valía la pena levantarse y recogerlas, cuando, de repente, muy cerca de ella pasó corriendo un Conejo Blanco de ojos color de rosa.

Esto no tenía nada de especial, tampoco le pareció a Alicia tan raro que el Conejo se dijera a media voz: "¡Ay! ¡Ay! ¡Dios mío! ¡Qué tarde voy a llegar!" (Cuando pensó en ello más tarde, le pareció que habría debido extrañarle, pero en aquel momento todo le parecía lo más natural). Sin embargo, cuando el Conejo *sacó ni más ni menos un reloj del bolsillo del chaleco,* miró la hora y luego echó a correr, Alicia se levantó de un salto, pues de repente cayó en la cuenta de que nunca había visto un Conejo con chaleco, ni tampoco con un reloj de bolsillo. Y muerta de curiosidad, siguió al Conejo por la pradera y llegó justo para verlo colarse rápido por una madriguera que se abría por debajo del seto.

Un momento después Alicia también desaparecía por la madriguera sin pensar ni una sola vez en cómo se las arreglaría para salir de allí.

Durante un rato anduvo todo recto por la madriguera como si fuese por un túnel; luego, el suelo se hundió bruscamente, tan bruscamente que, antes de que pensara en detenerse, Alicia se dio cuenta de que caía en algo así como una especie de pozo muy profundo.

Ya porque el pozo fuese muy profundo, ya porque ella cayera muy despacio, resulta que, mientras caía, le daba tiempo a mirar a su alrededor y pensar en lo que sucedería después. Al principio intentó mirar hacia abajo para ver dónde iba a parar, pero estaba todo demasiado oscuro para que se distinguiera algo;

luego examinó las paredes y notó que estaban cubiertas de armarios y estanterías; aquí y allí se veían mapas y cuadros colgados de algún clavo. Mientras caía, Alicia cogió un tarro de un vasar; tenía una etiqueta que decía: "MERMELADA DE NARANJA", pero con gran desilusión descubrió que estaba vacío. No quiso tirarlo por miedo de matar a alguien y se las arregló para dejarlo en uno de los armarios por delante del cual pasaba, mientras seguía cayendo.

"¡Vaya!", pensó Alicia. "Después de una caída de este tipo, bajar rodando por las escaleras de casa me parecerá cosa de nada. ¡Pensarán que soy muy valiente! ¡Palabra! Aunque me cayera desde el tejado, no se lo diría a nadie (lo que probablemente caía dentro de lo posible)".

Y seguía cayendo, más, y más. ¿No se acabaría *nunca* esta caída?

—Me pregunto cuántos kilómetros habré recorrido ya —dijo en voz alta—. Debo de estar llegando al centro de la Tierra. Vamos a ver: si no me equivoco, sería una caída de seis a siete kilómetros...

(Como veis, Alicia había aprendido bastantes cosas de este tipo en la escuela y, aunque no era el momento *más* oportuno para hacer alarde de sus conocimientos, puesto que no había quien la escuchara, a pesar de todo repetirlo era un buen ejercicio).

—Sí, eso es, debe de ser la distancia exacta... pero, entonces, me pregunto ¿en qué latitud y longitud me encuentro?

(Alicia no tenía la menor idea de lo que era la latitud ni la longitud, pero le parecían palabras muy grandilocuentes y que sonaban muy bien).

Al poco rato, prosiguió:

—¡Me pregunto si no estaré cruzando la Tierra de

cabo a rabo! ¡Qué divertido será ir a parar en medio de esas gentes que andan cabeza abajo! ¡Los antípatas[4], creo que se llaman...!

(Ahora sí que se alegró de que no la escuchara nadie, porque le pareció que ésa no era en absoluto la palabra adecuada).

—Sólo que tendré que preguntarles cómo se llama el país: "Por favor, señora, ¿estoy en Nueva Zelanda o en Australia?"

(Y mientras hablaba, intentó hacer una reverencia... "¡Fijaos! ¡Hacer una reverencia mientras cae una al vacío! ¿Podríais hacerlo vosotros?")

—Y si la señora pensara que soy una niña ignorante... No, será mejor no preguntar nada: puede que vea el nombre escrito en alguna parte.

Y seguía cayendo más y más; y como no se podía hacer otra cosa, al rato Alicia se puso a hablar de nuevo:

—¡Ay! ¡Dinah me echará de menos esta noche! (Dinah era la gata de Alicia). Espero que no se olviden de darle su platito de leche a la hora del té. ¡Ay, mi querida Dinah! ¡Cuánto me gustaría tenerte aquí abajo conmigo! Dudo que haya ratones en el aire..., pero podrías cazar un murciélago, pues, ¿sabes?, se parece mucho a un ratón. Pero, ¿comerán los gatos murciélagos? ¡Vete a saber!

En aquel momento Alicia comenzó a tener sueño y se puso a repetir como si soñara:

—¿Comerán los gatos murciélagos? ¿Comerán los gatos murciélagos?

Y algunas veces:

—¿Coméran gatos los murciélagos?

Como era incapaz de responder a ninguna de las dos preguntas, qué más le daba que hiciera una u otra.

Sentía que se dormía y acababa de empezar a soñar

30

que se paseaba con Dinah cogidas de la mano y que le preguntaba muy seriamente: "¡Vamos, Dinah, dime la verdad!, ¿te has comido alguna vez un murciélago?", cuando de repente, ¡Cric, crac!, cayó sobre un montón de ramitas y hojas secas: su caída había terminado.

Alicia no se había hecho daño y se puso de pie, en un periquete. Levantó los ojos, pero arriba todo estaba oscuro: ante ella se abría otro pasillo por el que vio al Conejo Blanco, que se alejaba corriendo. ¡No había que perder un momento! Y Alicia se va rápida como el viento. Apenas le dio tiempo de oir al Conejo, que decía, al dar la vuelta a una esquina:

—¡Ay! ¡Por mis orejas y bigotes! ¡Qué tarde se me está haciendo!

A su vez Alicia dio la vuelta a la esquina, muy poco tiempo después de él, pero, cuando dio la vuelta, el Conejo había desaparecido. Se encontraba ahora en una larga sala, de techo bajo, iluminada por una hilera de lámparas colgadas del techo.

Alrededor de la sala había varias puertas, pero todas cerradas con llave; después de haber intentado abrir todas las puertas, Alicia se dirigió tristemente hacia el centro de la sala, pensando cómo se las arreglaría para salir de allí.

De repente dio con una pequeña mesa de tres patas, de cristal macizo; encima no había más que una minúscula llave de oro; Alicia pensó en seguida que esta llave podría abrir una de las puertas de la sala. Pero, por desgracia, o la cerradura era demasiado grande o la llave demasiado pequeña, ninguna puerta quiso abrirse. Sin embargo, en la segunda vuelta que Alicia dio a la sala, descubrió una cortina baja, que no había notado hasta ahora; tras ella, había una puertecilla de unos cuarenta centímetros de altura: intentó introducir la llavecita de oro en la cerradura y con alegría vio que ajustaba perfectamente.

Alicia abrió la puerta y vio que daba a un pequeño pasillo, poco más ancho que una ratonera. Se puso de rodillas y divisó al fondo del pasillo el jardín más encantador que pueda imaginarse. ¡Qué ganas tenía de salir de esa oscura sala para pasearse por entre aquellos macizos de flores de colores vivos y por entre aquellas frescas fuentes!⁵ Pero no podía pasar la cabeza por la puerta. "Y aunque pudiera pasar la cabeza", pensó la pobre Alicia, "no me serviría de mucho sin los hombros. ¡Cuánto me gustaría poder encoger como un telescopio! Creo que podría hacerlo, si supiera cómo empezar." Como veis acababan de suceder tantas cosas extrañas, que Alicia había llegado a pensar que realmente había muy pocas cosas imposibles.

Estar esperando ante aquella puertecilla no era plan; por eso, Alicia volvió a la mesa casi con la esperanza de encontrar otra llave o, al menos, un libro

con las instrucciones para hacer encoger a la gente como telescopios. Esta vez encontró encima de la mesa un frasquito ("Por cierto, no estaba aquí hace un rato", dijo Alicia), que llevaba alrededor del cuello una etiqueta de papel en la que ponía con grandes caracteres esta palabra, "BEBEME".

Está muy bien eso de decir "BEBEME", pero nuestra prudente pequeña Alicia no iba a precipitarse a hacerlo.

—No, primero voy a mirar —dijo— a ver si no viene la palabra *veneno*.

Pues había leído varias historias encantadoras, que trataban de niños quemados o devorados por fieras víctimas de otras diversas desventuras, y esto únicamente por no hacer caso de las instrucciones que sus amigos les habían dado: por ejemplo, que un hierro al rojo quema, si lo tienes cogido mucho tiempo, o que si te cortas el dedo muy hondo con un cuchillo, tu dedo por regla general sangra; y Alicia nunca se había olvidado de que, si bebes demasiado de una botella que lleva la etiqueta *"veneno"*, seguramente, tarde o temprano, perjudicará tu salud.

Sin embargo, ese frasquito no llevaba la etiqueta *"veneno"*, por lo que Alicia se arriesgó a probar su contenido; como le gustó mucho (de hecho, recordaba una mezcla de tarta de cerezas, natillas, piña, pavo asado, caramelo y tostadas calientes con mantequilla), se lo tragó en un santiamén.

* * * * * *
* * * * * * *

—¡Qué sensación más rara! —dijo Alicia—. ¡Debo estar encogiéndome como un telescopio!

Y así era: ya no medía más que veinticinco centímetros. Se iluminó su rostro de alegría al pensar que tenía ahora precisamente el tamaño para poder pasar por la puertecilla y entrar en aquel jardín encantador. Sin embargo, esperó unos minutos para ver si seguía empequeñeciendo: esto le inquietaba, pues "Con esto —pensaba Alicia— podría ser que yo desapareciera por completo como una vela. Me pregunto qué sería de mí entonces". E intentó representarse a qué se parece la llama de una vela, cuando está apagada, pues no recordaba haber visto nunca nada semejante.

Al cabo de un rato, como no se había producido nada nuevo, decidió entrar en el jardín; pero, ¡pobre Alicia!, al llegar a la puerta, se dio cuenta de que había olvidado la llavecilla de oro y, cuando volvió a la mesa para cogerla, vio que le era imposible alcanzarla. Podía verla claramente a través del cristal e intentó trepar lo mejor que pudo por una pata de la mesa, pero era muy resbaladiza. Agotada por sus vanos esfuerzos, la pobre niña se sentó y se puso a llorar.

"¡Vamos! ¡No sirve de nada llorar así!", se dijo Alicia en tono severo. "¡Te pido que dejes de llorar ahora mismo!" Solía darse muy buenos consejos (aunque rara vez los seguía) y a veces se regañaba tan duramente, que se le llenaban los ojos de lágrimas. Recordaba que un día había intentado abofetearse por haber hecho trampas durante un partido de croquet, que jugaba contra sí, pues a esta niña tan original le gustaba mucho fingir que era dos personas distintas. "¡Sólo que ahora de nada me sirve", pensó la pobre Alicia, "fingir ser dos personas distintas, si apenas queda de mí bastante para hacer una sola!"

De pronto, sus ojos tropezaron con una cajita de cristal, que había debajo de la mesa; la abrió y vio dentro un minúsculo pastelito sobre el que la palabra "COMEME" estaba perfectamente grabada con pasas.

—Está bien, me lo voy a comer —dijo Alicia—. Si me hace crecer, podré alcanzar la llave y, si me hace empequeñecer, podré deslizarme por debajo de la puerta; de una manera o de otra entraré en el jardín y poco me importa que sea de una o de otra.

Se comió un trocito de pastel y se preguntó ansiosamente: "¿Hacia dónde? ¿Hacia dónde?", poniendo la mano sobre la cabeza para ver en qué dirección cambiaba y se quedó muy sorprendida al comprobar que no variaba de tamaño. Desde luego es lo que suele ocurrir, cuando se comen pasteles, pero Alicia estaba tan acostumbrada a que sucediera algo extraordinario, que le parecía aburrido que la vida siguiera su curso normal.

Por eso, se puso de veras al trabajo y en un santiamén terminó el pastelito.

*   *   *   *   *   *   *   *   *
*   *   *   *   *   *   *   *   *

Capítulo 2

EL CHARCO DE LAGRIMAS

—¡Esto sí que es curiorífico![6] —exclamó Alicia
(estaba tan sorprendida, que, de momento, se olvidó

de hablar correctamente)—. ¡Ahora me estoy estirando como el telescopio más grande que ha habido nunca! ¡Adiós, pies! —(pues, cuando los miró, le pareció que casi habían desaparecido por lo lejos que estaban)—. ¡Pobres piececitos míos! Me pregunto quién os pondrá ahora los calcetines y los zapatos, ¡preciosos míos! ¡Yo, desde luego, no! Estaré demasiado lejos para ocuparme de vosotros. ¡Tendréis que apañároslas lo mejor que podáis!...

"Aunque tengo que ser amable con ellos", pensó Alicia, "no sea que se nieguen a andar hacia donde yo quiera. Vamos a ver: les regalaré un par de botas nuevas todas las Navidades".

Y se puso a hacer planes sobre la mejor forma de conseguirlo. "Tendrán que ir por una empresa de transportes", pensó. "¡Qué gracioso va a parecer mandar regalos a los propios pies! ¡Y no hablemos de la dirección!..."

> Sr. D. Pie Derecho de Alicia
> Alfombra de la Chimenea
> junto al Guardafuegos
> (con todo el cariño de Alicia).

—¡Dios mío! ¡Qué tonterías estoy diciendo!

Precisamente en ese momento su cabeza dio contra el techo; efectivamente, ahora medía casi tres metros de altura. Cogió de prisa la llavecita de oro y rápidamente se fue hacia la puerta del jardín.

¡Pobre Alicia! Lo único que pudo hacer fue echarse de costado en el suelo y mirar con un ojo al jardín; pero era más inútil que nunca tratar de pasar por la puerta. Se sentó y se puso a llorar de nuevo.

—Debería darte vergüenza —dijo—, una niña tan grande como tú (¡Y ahora, vaya si lo era!). ¡¿Quieres dejar de llorar ahora mismo?!

Pero no por eso dejó de derramar lágrimas hasta que se formó un verdadero charco a su alrededor de unos diez centímetros de profundidad, que llegaba más allá de la mitad de la sala.

Al poco rato oyó a lo lejos un ruido de pisadas cortas y se secó rápidamente los ojos para ver quién se acercaba. Era el Conejo Blanco, que volvía, magníficamente ataviado con un par de guantes blancos de cabritilla en una mano y un abanico en la otra: trotaba tan de prisa como podía y murmuraba a media voz:

—¡Ay! ¡La Duquesa! ¡La Duquesa! ¡Cómo se va a poner la Duquesa, si la he hecho esperar!

Alicia se sentía tan desesperada, que estaba dispuesta a pedir ayuda a quien fuera. Así, cuando se acercó el Conejo, dijo tímidamente con voz baja:

—Por favor, señor...

El Conejo se asustó, dejó caer los guantes blancos de cabritilla y el abanico y echó a correr en la oscuridad lo más aprisa que pudo[7].

Alicia recogió el abanico y los guantes y, como hacía mucho calor en la sala, empezó a abanicarse mientras seguía hablando:

—¡Dios mío! ¡Qué cosas más raras están pasando hoy! Sin embargo, ayer sin ir más lejos, todo sucedía como de costumbre. Me pregunto si me habrán cambiado durante la noche. A ver, ¿era yo la misma esta mañana al levantarme? Creo recordar que me sentí algo diferente. Pero si no soy la misma, la pregunta es la siguiente: ¿Quién soy yo? ¡Ay! ¡Ese es el gran problema!

Y se puso a pensar en todas las niñas de su edad que conocía, para ver si la podían haber transformado en una de ellas.

—Estoy segura de no ser Ada —dijo—, porque ella tiene el pelo largo con muchos rizos, mientras que mi pelo no se riza nada; también estoy segura de no ser Mabel, porque yo sé muchas cosas mientras que ella no sabe casi nada. Además ella es *ella* y yo soy yo... ¡Dios mío! ¡Qué rompecabezas! Voy a ver si sé todavía las cosas que antes sabía. A ver, cuatro por cinco, doce; cuatro por seis, trece; y cuatro por siete... ¡Ay, Dios mío! ¡A este paso no llegaré nunca a veinte! Pero la tabla de multiplicar no quiere decir absolutamente nada. Veamos con la geografía. Londres es la capital de París, y París es la capital de Roma, y Roma es... ¡No, estoy segura de que no es así! ¡Me habrán transformado en Mabel! Voy a intentar recitar *Ved cómo la industriosa abeja...*[8]

Se cruzó las manos sobre las rodillas como si estuviera recitando sus lecciones; y se puso a decir la famosa poesía; pero su voz le pareció ronca y rara y las palabras no le salían como de costumbre.

> *¡Ved cómo el industrioso cocodrilo*
> *aprovecha su cola luminosa*
> *para echarse las aguas del gran Nilo*
> *en su espalda dorada y escamosa!*
>
> *¡Con cuánta habilidad muestra sus dientes,*
> *con qué primor dispone los colmillos*
> *y se afana porque los pececillos*
> *entren en sus mandíbulas sonrientes!*

—Estoy segura de que no es así —dijo la pobre Alicia, y sus ojos se llenaron de lágrimas, mientras proseguía—. Visto lo visto, debo de ser Mabel; tendré que vivir en esa miserable casucha, casi no tendré juguetes, eso sí, ¡muchas lecciones que aprender! ¡No! Estoy decidida: ¡Si soy Mabel, me quedaré aquí abajo! Por más que asomen sus cabezas por el pozo y me digan: "¡Sube cariño!", me limitaré a mirar hacia arriba y a contestar: "¡Antes decidme quién soy! Decídmelo primero y luego, si me gusta ser esa persona, subiré y, si no, me quedaré aquí abajo hasta que sea otra persona..." ¡Ay, Dios mío! —exclamó, rompiendo de repente a llorar— ¡Cuánto me gustaría que de verdad asomasen sus cabezas por el pozo! ¡Estoy tan harta de estar aquí abajo!

Al decir esto, miró sus manos y se sorprendió al ver que, mientras hablaba, se había puesto uno de los guantes pequeños de cabritilla del Conejo. "¿Cómo habré podido hacerlo?", pensó. "Estaré encogiendo otra vez". Se puso de pie y se dirigió a la mesa para comprobar su altura; por lo que pudo ver, calculó que mediría entonces unos sesenta centímentros y que, además, seguía disminuyendo con mucha rapidez. Pronto descubrió que esto se debía al abanico que llevaba en la mano; lo soltó rápidamente, justo a tiempo para evitar desaparecer del todo.

—¡Esta vez me he librado por pelos! —dijo Alicia asustada por la brusca transformación, pero muy feliz al ver que seguía existiendo—. Y ahora, ¡al jardín! —Y volvió corriendo hacia la puertecita. Pero, ¡ay!, estaba cerrada otra vez y la llavecita de oro seguía encima de la mesa de cristal. "Y esto va de mal en peor", pensó la pobre niña, "pues nunca he sido tan pequeña como ahora. ¡Nunca! ¡Caramba, ahora empieza a estar bien!"

Al decir estas palabras, su pie resbaló y acto seguido, ¡plaf!, estaba en agua salada hasta el cuello. Lo primero que se le ocurrió fue que había caído al mar y, "en ese caso", pensó, "podré regresar en tren" (Alicia había ido al mar sólo una vez en su vida y había llegado a la conclusión de que, en cualquier parte de las costas inglesas, había casetas de baño sobre ruedas[9], niños que hacían hoyos en la arena con palitas de madera, luego un montón de pensiones y por fin una estación de ferrocarril). Sin embargo, no tardó en comprender que se encontraba en el charco de lágrimas que había derramado cuando medía casi tres metros de altura.

—¡Cuánto siento haber llorado tanto! —exclamó Alicia, mientras nadaba para intentar salir de allí—. ¡Supongo que ahora voy a sufrir el castigo ahogándome en mis propias lágrimas! ¡Será algo muy

extraño, eso sí! ¡También es verdad que hoy todo es extraño!...

En ese mismo momento oyó un chapoteo en el charco muy cerca de ella y nadó en aquella dirección para ver qué era: al principio pensó que estaba en presencia de una morsa o de un hipopótamo, pero luego se acordó de lo pequeña que era y no tardó en darse cuenta de que no era más que un ratón, que había caído al charco como ella.

"¿Me servirá de algo hablar con este ratón?", pensó Alicia. "Todo es tan extravagante aquí abajo, que, por cierto, no me extrañaría que supiese hablar. En todo caso, por intentarlo, no se pierde nada".

Empezó, pues, con estas palabras:

—¡Oh Ratón!, ¿sabes cómo se puede salir de este charco? Estoy muy cansada de nadar. ¡Oh Ratón! (Alicia pensó que era el modo más adecuado de dirigirse a un Ratón: hasta ahora nunca lo había hecho, pero recordaba haber leído en la gramática latina de su hermana: "El Ratón— del Ratón— a o para el Ratón– al Ratón– ¡Oh Ratón!– con, de, en, por, sin, sobre, tras,... el Ratón")

El Ratón miró a la niña con curiosidad y a Alicia le pareció que le guiñaba un ojito, pero no respondió.

"A lo mejor no sabe inglés", pensó Alicia. "¡Debe ser un Ratón francés, que vino aquí con Guillermo el Conquistador!" (A pesar de todos sus conocimientos de historia, Alicia no tenía una idea muy clara de cuándo habían sucedido aquellos acontecimientos). En consecuencia, dijo:

–*Où est ma chatte?* –que correspondía a la primera frase de su libro de francés.

El Ratón saltó bruscamente fuera del agua y pareció tiritar de espanto.

–¡Oh! ¡Perdóname, por favor! –exclamó en seguida Alicia, que temía haber ofendido al pobre animal–.

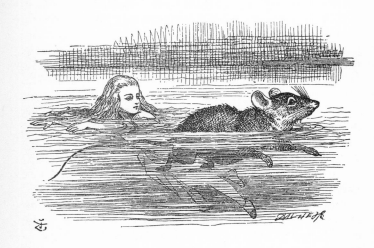

Había olvidado por completo que no te gustaban los gatos.

—¡Gustarme los gatos! —exclamó el Ratón con voz aguda y furiosa—. ¿Te gustarían a ti, si estuvieras en mi lugar?

—Pues, puede ser que no —respondió Alicia en tono conciliador—. Por favor, no te enfades por eso. Y sin embargo, me gustaría poder enseñarte nuestra gata Dinah. Me parece que acabarían gustándote los gatos, si pudieras verla sólo una vez. ¡Es tan pacífica esta buena Dinah! —prosiguió la niña como si se hablara a sí misma, mientras nadaba perezosamente de aquí para allá—. Se queda sentada al amor de la lumbre y ronronea de un modo encantador, mientras se lame las patas y se lava la cara... y luego, es tan suave acariciarla, y ¡no hay quien la gane a cazar ratones! ¡Oh! ¡Perdóname, por favor! —exclamó de nuevo Alicia, porque esta vez al Ratón se le habían puesto los pelos de punta. La niña estaba segura de haberlo ofendido mucho—. ¡No volveremos a hablar de mi gata, puesto que te disgusta!

—¡No hablaremos más de ella! —exclamó el Ratón, que temblaba hasta la punta de la cola—. ¡Como si *yo* pudiera hablar de algo semejante! En nuestra familia siempre hemos odiado los gatos: son criaturas vulgares, viles, repugnantes. ¡No se te ocurra más pronunciar la palabra gato!

—Me guardaré de ello —dijo Alicia, que tenía prisa por cambiar de tema—. ¿Te gustan los... los perros?

Como el Ratón no respondía, Alicia prosiguió con rapidez:

—Hay cerca de nuestra casa un perrito tan encantador, que me gustaría poder enseñártelo. Mira, es un pequeño terrier de ojos brillantes, de pelo largo y rizado. Recoge las cosas que se le tiran, se levanta sobre las patas de atrás para mendigar su comida y hace tantas monadas... siempre me olvido de la mitad... Es de un granjero, ¿sabes? Dice que este perro le es tan útil, que no lo vendería por cien libras. Dice que le mata las ratas y... ¡Oh, Dios mío! —exclamó Alicia con voz pesarosa—, ¡temo haberlo ofendido otra vez!

En efecto, el Ratón se alejaba de ella nadando lo más rápido posible y levantando una verdadera tormenta en la superficie del charco.

Alicia lo llamó dulcemente:

—¡Ratoncito querido! Te lo ruego, vuelve y no hablaremos más de gatos y perros, ya que no te gustan.

Al oir esto, el Ratón dio media vuelta y nadó despacio hacia Alicia; su rostro estaba pálido ("de cólera", pensó la niña) y declaró con voz baja y temblorosa:

—Volvamos a tierra; te contaré mi historia, y entonces comprenderás por qué odio a los gatos y a los perros.

Había que irse, pues el charco se estaba llenando de pájaros y animales, que habían caído en él: había un Pato, un Dodo, un Loro, un Aguilucho y otras muchas y curiosas criaturas[10]. Alicia abrió camino y todo el grupo ganó la orilla a nado.

Capítulo 3

UNA CARRERA EN COMITE Y UNA LARGA HISTORIA

El grupo que se reunió en la orilla era realmente muy extraño: aves con las plumas mojadas, animales con el pelo pegado al cuerpo y todos empapados como sopas, de mal humor y a disgusto.

Por supuesto, la cuestión más importante era cómo secarse; se consultaron unos a otros y al cabo de unos minutos a Alicia le parecía muy natural charlar tranquilamente con ellos como si los conociera de toda la vida. Más aún, tuvo una larga discusión con el Loro, que acabó poniendo mala cara y no dijo más que "soy mayor que tú y sé mejor que tú lo que hay que hacer". Pero Alicia no quiso admitirlo sin antes saber su edad y, como el Loro se negaba rotundamente a decírsela, no se habló más.

Finalmente, el Ratón, que parecía tener mucha autoridad sobre ellos, gritó con voz fuerte:

—¡Sentaos todos y escuchadme! Yo voy a secaros en un periquete.

Se sentaron todos al instante formando un amplio círculo con el Ratón en el centro. Alicia lo miraba atentamente con aire preocupado, pues estaba segura

47

de que cogería un buen catarro, si no se secaba rápidamente.

—¡Ejem! —prosiguió el Ratón con aire de importancia—. ¿Preparados? Es la mejor forma de secarse que conozco. ¡Silencio, por favor! Guillermo el Conquistador, cuya causa favorecía el Papa, pronto fue aceptado por los ingleses, que necesitaban jefes, pues habían sufrido en los últimos tiempos usurpaciones y conquistas. Edwin y Morcar, condes de Mercia y Northumbria...[11]

—¡Uf! —exclamó el Loro tiritando.

—¿Cómo? —dijo el Ratón muy cortésmente, pero frunciendo el entrecejo—. ¿Decías algo?

—Yo no he sido —repuso vivamente el Loro.

—¡Ah! Me había parecido —dijo el Ratón...— Prosigo. Edwin y Morcar, condes de Mercia y Northumbria se pusieron de su parte, y el patriótico Stigand, arzobispo de Canterbury, encontró esto oportuno...

—¿Encontró qué? —preguntó el Pato.

—Encontró *esto* —respondió el Ratón con aire más bien irritado—. Supongo que sabes lo que quiere decir *esto.*

—Sé lo que quiere decir *esto,* cuando yo encuentro algo —repuso el Pato—. Suele ser una rana o un gusano. Lo que se trata de saber es lo que encontró el arzobispo.

El Ratón no respondió a la pregunta y prosiguió vivamente:

—... Encontró esto oportuno y marchó con Edgar Atheling al encuentro de Guillermo para ofrecerle la corona. Al principio, la actitud de Guillermo fue razonable, pero la insolencia de sus normandos... ¿Cómo te encuentras, niña? —dijo volviéndose hacia Alicia.

48

—Más mojada que nunca —respondió Alicia con voz melancólica—. Parece que no me seca mucho.

—En ese caso —dijo solemnemente el Dodo, mientras se levantaba— propongo que se aplace la reunión para más tarde y que adoptemos inmediatamente medidas más enérgicas...

—¡Habla en cristiano![12] —dijo el Aguilucho—. No entiendo la mitad de esas palabras y, es más, me parece que tú tampoco—. E inclinó la cabeza para ocultar una sonrisa; se oyó nítidamente que algunos pájaros se reían.

—Lo que iba a decir —repuso el Dodo con tono ofendido— es que, para secarnos, lo mejor sería una carrera en comité.

—¿Qué es una carrera en comité?[13] —preguntó Alicia. (No es que le interesara mucho saberlo, pero el Dodo se había callado, dando a entender que esperaba que alguien tomara la palabra y nadie parecía querer hacerlo).

—Bueno —repuso—, la mejor forma de explicar lo que es una carrera en comité es hacerla.

(Y, por si alguno de vosotros tuviera ganas de hacerla un día de invierno, os contaré cómo procedió el Dodo).

Primero, trazó los límites de una pista más o menos circular ("La forma no tiene importancia", dijo), luego, todos los miembros del comité se fueron colocando alrededor. No hubo el "¡A la una, a las dos y a las tres, ya!"), sino que cada uno echó a correr cuando quiso y paró cuando le dio la gana, de forma que fue bastante difícil saber en qué momento se terminaba la carrera. Sin embargo, después de correr durante media hora y de estar bien secos, el Dodo gritó de repente:

—¡Se acabó la carrera!

Entonces todos se agruparon a su alrededor preguntando con voz jadeante:

—Pero, ¿quién ha ganado?

El Dodo no pudo responder a esa pregunta sin antes pensarlo bien y estuvo sentado un buen rato con un dedo apoyado en la frente (en la posición que tiene Shakespeare en los retratos que vemos de él), mientras los otros aguardaban en silencio. Al fin, declaró:

—Todos y cada uno hemos ganado y todos recibiremos premios.

—Pero, ¿quién dará los premios? —preguntaron todos a coro.

—Pues ella, naturalmente —dijo el Dodo señalando a Alicia con el dedo.

E inmediatamente todos se agruparon a su alrededor, gritando tumultuosamente:

—¡Premios! ¡Premios!

Alicia no sabía qué hacer. Como último recurso metió la mano en el bolsillo, sacó una caja de peladillas (afortunadamente el agua salada no había penetrado en la caja) y las repartió a modo de premio. Había exactamente una para cada uno.

—Ella también debe tener premio —dijo el Ratón.

—Por supuesto —afirmó el Dodo en tono muy serio—. ¿Qué más tienes en el bolsillo? —prosiguió volviéndose hacia Alicia.

—Sólo un dedal —respondió tristemente.

—Dámelo —ordenó el Dodo.

Una vez más todos se agruparon alrededor de Alicia, mientras el Dodo le entregaba solemnemente el dedal diciendo:

—Le rogamos que acepte este elegante dedal.

Cuando terminó este breve discurso, todos lanzaron exclamaciones.

Alicia pensó que todo esto era perfectamente absurdo, pero todos parecían tomárselo tan en serio, que no se atrevió a reir y, como no se le ocurría nada que contestar, se limitó a inclinarse y a tomar el dedal con la mayor solemnidad.

Ahora había que comerse las peladillas, lo que provocó mucho ruido y desorden; en efecto, los pájaros grandes se quejaron de que no les daba tiempo a saborearla y los pequeños se atragantaron, de forma que hubo que darles palmadas en la espalda; se sentaron de nuevo en círculo y rogaron al Ratón que les contara otra historia.

—Me prometiste explicarme por qué odiabas a los G... y a los P..., ¿te acuerdas? —dijo Alicia con voz baja (por temor a ofenderlo de nuevo)—, y contarme tu historia.

—Es muy larga y muy triste[14] —exclamó el Ratón suspirando y mirando su cola.

—Ciertamente es muy larga —declaró Alicia, mirándole la cola con asombro—, pero ¿por qué la encuentras tan triste?

Y mientras hablaba el Ratón, Alicia se rompía la cabeza sobre ello, de forma que la idea que tenía de la historia se parecía un poco a esto:[15]

Un perrazo dijo
a un ratón que
se encontró en casa:
—Juntos iremos
ante la LEY.
¡Yo acusaré! ¡Tú
te defenderás!
¡Vamos! ¡No
aceptaré más
dilación! ¡Un
proceso hemos
de tener, pues,
en verdad, no
tengo esta
mañana otra
cosa que hacer!
Dijo el ratón
al energúmeno:
—Tal pleito,
respetable
amigo, sin
jurado ni
juez, no
serviría
más que
para des-
gañitarnos
inútilmente.
—Yo se-
ré el
juez, y
el jura-
do —re-
plicó,
ladran-
do el
perra-
zo.
—¡Se-
ré yo
quién
diga
todo
cuan-
to di-
gas y
YO
quién
a
muer-
te te
con
de-
ne.

—¡No me escuchas! —exclamó el Ratón en tono severo—. ¿En qué piensas?

—Perdóname —dijo Alicia humildemente—. Ibas por la quinta curva, ¿no es así?

—¡En absoluto! —exclamó el Ratón furioso—. ¡Ni siquiera había llegado al nudo de mi historia!

—¡Un nudo! — dijo Alicia siempre dispuesta a echar una mano y mirando ansiosamente a su alrededor—. ¡Oh, déjame que te ayude a desatártelo!

—¡De eso nada! —exclamó el Ratón mientras se levantaba y se alejaba—. Oir tales necedades es un insulto para mí.

—¡Ha sido sin querer! —se disculpó la pobre Alicia—. ¡También tú!, te ofendes por nada.

El Ratón por toda respuesta se limitó a gruñir.

—Vuelve, por favor, y termina tu historia —le gritó Alicia.

Y los otros exclamaron a coro:

—¡Sí, vuelve, por favor!

Pero el Ratón se limitó a sacudir la cabeza con impaciencia y se alejó todavía con más prisa.

—¡Qué lástima que no haya querido quedarse! —declaró suspirando el Loro, en cuanto hubo desaparecido.

Una vieja cangreja aprovechó la ocasión para decirle a su hija:

—¡Hija, que esto te sirva de lección y te enseñe a no dejarte llevar por tu mal genio!

—¡Ya vale, mamá! —respondió la joven en tono seco—. ¡Jo! ¡Serías capaz de hacerle perder la paciencia a una ostra!

—¡Cuánto me gustaría tener a Dinah conmigo! —exclamó Alicia en voz alta, pero sin dirigirse a nadie en particular—. No tardaría en traérnoslo.

—Y ¿quién es Dinah?, si me permite —dijo el Loro.

Alicia respondió con precipitación, pues estaba dispuesta a hablar de su animal preferido.

—Dinah es nuestra gatita. No tiene quien la gane a cazar ratones, ¿sabes? ¡Y si la vieras cuando caza pájaros! ¡Se traga un pajarito en un abrir y cerrar de ojos!

Estas palabras causaron gran sensación en la concurrencia. Algunos pájaros se marcharon sin más. Una vieja urraca empezó a arroparse con mucho cuidado, mientras susurraba:

—No tengo más remedio que irme a casa. El aire fresco de la noche no le hace bien a mi garganta.

Y un canario gritó a sus hijos con voz temblorosa:

—¡Vámonos, pequeños! Tendríais que estar en la cama desde hace mucho tiempo.

Con distintos pretextos todos se fueron alejando y Alicia pronto se quedó sola.

"¡Cuanto siento haber hablado de Dinah!", se dijo con voz melancólica. "Nadie aquí parece quererla mucho, y sin embargo, estoy segura de que es la mejor gata del mundo. ¡Ah, mi pobre Dinah! ¡Me pregunto si volveré a verte!"

Y Alicia se echó a llorar otra vez, porque se sentía muy sola y deprimida. Pero al poco rato oyó a lo lejos un leve rumor de pasos; entonces levantó los ojos ávidamente, esperando que tal vez el Ratón había cambiado de idea y volvía para terminar su historia.

Capítulo 4

EL CONEJO ENVIA UN MENSAJE[17]

Era el Conejo Blanco, que volvía trotando despacito y echando miradas inquietas a su alrededor como si hubiese perdido algo. Alicia oyó que murmuraba:

—¡Ay! ¡La Duquesa! ¡La Duquesa! ¡Oh, pobres patitas mías! ¡Oh, mi pelaje y mis bigotes! Me va a mandar ejecutar como los hurones son hurones. ¿Dónde diablos los habré dejado?

Alicia adivinó que buscaba el abanico y los guantes blancos de cabritilla; muy amablemente se puso a buscarlos ella también, pero no los encontró en ninguna parte; todo parecía cambiado desde que había salido del charco: la sala grande, la mesa de cristal y la llavecita habían desaparecido.

De pronto el Conejo vio a Alicia, que estaba huroneando por todas partes, y le gritó enfadado:

—¿Eres tú Mariana? ¿Qué estás haciendo aquí? Vete en seguida a casa y tráeme un par de guantes y un abanico. ¡Vamos, de prisa!

Alicia tuvo tanto miedo, que salió corriendo en la dirección que le apuntaba con el dedo el Conejo, sin tratar de explicarle que se había equivocado.

"Me habrá confundido con su criada", se decía mientras corría. "¡Qué sorpresa se va a llevar, cuando se entere de quién soy! Por ahora será mejor que le lleve su abanico y sus guantes..., ¡si logro encontrarlos!"

Cuando pronunciaba estas palabras, llegó ante una casita muy bonita, en cuya puerta se veía una placa de bronce reluciente con este nombre grabado: "CONEJO B". Entró sin llamar, luego subió por la escalera a toda prisa, porque tenía miedo de encontrarse con la verdadera Mariana y de que la echaran de casa antes de haber encontrado los guantes y el abanico.

"¡Qué cosa más rara", pensó Alicia, "hacer recados para un Conejo! Después de esto, supongo que también Dinah me mandará a hacer recados". Y empezó a imaginar lo que ocurriría entonces:

—Señorita Alicia, venga aquí en seguida a vestirse para salir de paseo.

—Ya voy, señorita. Pero antes tengo que vigilar esta ratonera, hasta que vuelva Dinah, para impedir que salga el ratón.

"Sólo que", pensó Alicia, "no creo que tendríamos a Dinah en casa, si se pusiera a dar órdenes así".

Había llegado ahora a un pequeño dormitorio, muy bien ordenado. Delante de la ventana había una mesa; encima de la mesa había, como suponía, un abanico y dos o tres pares de minúsculos guantes, y se disponía a abandonar el cuárto, cuando su mirada se detuvo sobre una botellita, que estaba al lado del espejo. No había esta vez la etiqueta que dijera "BEBEME", pero, a pesar de todo, destapó la botella y se la llevó a los labios. "Sé que siempre ocurre algo interesante", se dijo, "cuando como o bebo algo. Así que voy a ver el efecto que me produce esta botella. Espero que me

haga crecer de nuevo, porque de veras estoy harta de ser tan minúscula".

Efectivamente, se puso a crecer y mucho antes de lo que esperaba. No había bebido la mitad de la botella, cuando notó que su cabeza pegaba contra el techo, y tuvo que agacharse para no romperse el cuello. Se apresuró a dejar la botella en su sitio, diciéndose: "Ya basta... espero no crecer más... Según estoy, ya no puedo salir por la puerta... ¡Cuánto siento haber bebido tanto!"

Por desgracia, ¡ya era tarde para sentirlo! Seguía creciendo cada vez más y pronto tuvo que ponerse de rodillas en el suelo. Un minuto más tarde ni siquiera en esta postura le quedaba sitio. Intentó probar si estaría mejor tumbándose, con un codo apoyado contra la puerta y el otro brazo por encima de la cabeza. Pero, como no dejaba de crecer, sacó un brazo por la ventana y metió un pie en la chimenea, diciéndose: "Ahora no puedo hacer nada más, pase lo que pase. ¿Qué va a ser de mí?"

Por suerte, la botellita mágica había surtido ya todo el efecto y Alicia dejó de crecer; a pesar de todo, no se sentía a gusto y, como no parecía tener la menor posibilidad de salir un día de ese recinto, no era de extrañar que se sintiera desgraciada.

"Se estaba mucho mejor en casa", pensaba la pobre niña. "Allí no se crecía ni menguaba a cada rato, y no había Ratón ni Conejo para darte órdenes. Casi siento haber entrado en esta madriguera... y sin embargo la vida que llevo aquí es muy curiosa. Me pregunto lo que me habrá pasado. Cuando leía cuentos de hadas, jamás pensé que ese tipo de cosas pudieran ocurrir de veras y, mira por dónde, ya estoy metida en una de ellas. Eso sí, deberían escribir un libro sobre mí. Cuando sea mayor, escribiré uno... ¡Pero si ya soy bastante mayor!", añadió con voz entristecida; "por lo menos aquí no me queda sitio para ser mayor..."

"Entonces", prosiguió, "¿siempre tendré la misma edad que la que tengo hoy? Por una parte sería un consuelo, porque no llegaría nunca a vieja... pero por otra parte, tener que estar aprendiendo lecciones toda mi vida, ¡ni hablar!"

"Mi pobre Alicia, ¡qué tonta eres!", se respondió a sí misma. "¿Cómo podrías aprender tus lecciones aquí, si apenas cabes tú? ¡Mucho menos cabrá un libro de escuela!"

Así continuó durante un rato, sosteniendo una verdadera conversación consigo misma, haciéndose alternativamente las preguntas y las respuestas. Pero, al cabo de unos minutos, oyó una voz fuera de la casa y se calló para escuchar.

—¡Mariana! ¡Mariana! —decía la voz—. Tráeme mis guantes ahora mismo.

Luego Alicia oyó un ruido de pasos precipitados en la escalera. Comprendió que era el Conejo, que venía en su busca, y se puso a temblar de tal manera, que se movía la casa, pues se había olvidado de que ahora era mil veces más grande que el Conejo y que ya no tenía por qué tener miedo.

El Conejo pronto llegó a la puerta e intentó abrirla; pero, como se abría por dentro y como el codo de Alicia estaba fuertemente apoyado contra ella, su intento resultó vano. Alicia oyó al Conejo que decía:

—Si es así, daré la vuelta y entraré por la ventana.

"En eso sí que te engañas", pensó ella.

Esperó un momento y, cuando le pareció oir al Conejo debajo de la ventana, abrió bruscamente la mano e hizo ademán de atrapar algo. No cogió nada,

pero oyó un grito agudo, un ruido de caída y un estrépito de cristales rotos, de donde dedujo que el Conejo había caído sobre un invernadero o algo por el estilo.

Luego se oyó una voz furiosa —la voz del Conejo—, que gritaba:

—¡Pat! ¡Pat! ¿Dónde estás?

Después de lo cual, una voz que no conocía respondió:

—¡Po' ya v'usté, po aquí me ando: cavando manzanas, señor amo!

—¡Así que cavando manzanas! —dijo furioso el Conejo—. Ven aquí y ayúdame a salir. (Más ruido de cristales rotos). Ahora, dime Pat, ¿qué hay en la ventana?

—¡Po' ya v'usté, señor amo, é un brasso!

—¡Un brazo, idiota! ¿Quién ha visto un brazo de ese tamaño? ¡Si obstruye por completo la ventana!

—Po' é cierto, señor amo; pero a pesar de tó, es realmente un brasso.

—Bueno, sea lo que sea, no tiene por qué estar allí. ¡Ve y quítalo de ahí!

Después de esto, hubo un largo silencio y Alicia sólo oyó de vez en cuando algunas frases en voz baja como: "Po' no, eto no me gusta ná, señor amo, pero es que ná" y "¡Haz lo que te digo, cobarde!"

Finalmente Alicia abrió la mano de nuevo e hizo otra vez ademán de atrapar una mosca. Esta vez hubo dos gritos agudos y nuevo estrépito de cristales rotos. "¡Este invernadero debe de tener muchas vidrieras!", pensó Alicia. "Me pregunto lo que querrán hacer ahora. En cuanto a sacarme por la ventana, ya quisiera yo que lo consiguieran. Por mi parte no me apetece nada quedarme aquí más tiempo".

Durante un rato no oyó nada: luego se oyó el sordo

traqueteo de unas ruedas de carretillo y el rumor de varias voces que hablaban a la vez. Pudo entender lo que decían:

—¿Dónde anda la otra escalera?... A mí sólo me dijeron que trajera una. La otra la tendrá Bill... ¡Oye, Bill, tráela aquí, majo!... Dejadlas aquí, en ese rincón... ¡No, primero hay que atarlas, así no llegan ni a la mitad!... ¡Bah! ¡Así basta y sobra! ¡No seas *pesao!*... ¡Oye, Bill, agárrame esta cuerda!... ¿Aguantará el tejado?... ¡Cuidado con esa teja suelta!... ¡Eh! ¡Que se cae! ¡Cuidado, que os rompe la cabeza!... (Y sonó un fuerte golpe)... ¿Quién ha sido?... ¡Habrá sido Bill!... ¿Quién se va a meter por la chimenea? ¿Yo? ¡Ni hablar! ¡Hazlo tú!... *¡Pos* yo tampoco!... Entonces le toca bajar a Bill... ¿Has oído, Bill? El amo dice que tienes que bajar por la chimenea...

"Así que Bill tiene que bajar por la chimenea", se dijo Alicia: "parece que a Bill siempre le cargan el mochuelo.

63

Por nada del mundo quisiera estar en el pellejo de Bill
Esta chimenea es estrecha, pero me parece que podré
dar una patada".

Echó el pie para abajo todo lo que pudo y esperó.
De pronto oyó que las garras de un animal (no pudo
adivinar qué clase de animal era) rascaban las paredes
de la chimenea justo encima de ella. "Ya viene Bill",
se dijo Alicia, dio una gran patada y luego aguzó el
oído para saber lo que iba a pasar.

Al principio oyó varias voces, que exclamaban a
coro:

—¡Ahí va! ¡Si es Bill!

Luego el Conejo ordenó:

—¡Eh! ¡Vosotros, los de la valla, cogedlo!

Después hubo un silencio, luego un coro de voces
confusas:

—Levantadle la cabeza... Ahora dadle un poco de
aguardiente... sin ahogarlo... ¿Qué tal te fue, viejo?
¿Qué sucedió?... Cuéntanos.

Por fin, una vocecita débil y chillona respondió
("Ese es Bill", pensó Alicia):

—La verdad es que no sé... Ya, no más, gracias... Sí,
estoy mejor, pero estoy todavía mareado para poder
contestar... Lo único que sé es que me sacudieron un
golpe, como el resorte de una caja sorpresa, y ¡salí
disparado como un cohete!

—¡Eso sí que es verdad, chico! —exclamaron los
otros.

—Habrá que prender fuego a la casa —dijo la voz del
Conejo.

—¡No se os ocurra, que suelto a Dinah! —exclamó
Alicia con todas sus fuerzas.

Luego siguió un silencio de muerte y pensó: "Me
pregunto lo que harán ahora. Si tuvieran un poco de
cabeza, quitarían el tejado".

Al cabo de un minuto, volvieron a agitarse y Alicia oyó al Conejo que decía:

—Con una carretada habrá suficiente para empezar.

"Una carretada de qué", pensó Alicia.

Pero no tardó mucho en comprender, pues, un segundo más tarde, una granizada de piedrecitas se abatió sobre la ventana y algunas la hirieron en la cara. "Voy a poner punto final a esto", se dijo. Luego gritó con todas sus fuerzas:

—¡Como volváis a hacerlo!... —lo que produjo un silencio de muerte.

Alicia observó con no poca sorpresa que las piedrecitas esparcidas por el suelo se convertían en pastelitos y se le ocurrió una idea luminosa: "Si me como uno", pensó, "con toda certeza me hará cambiar de tamaño; y como es imposible que me haga crecer más, supongo que me hará menguar."

Se tragó un pastelito y se alegró de ver que empezaba a disminuir inmediatamente. Tan pronto como pudo pasar por la puerta, salió corriendo. En el jardín vio un gran número de animales y pajarillos. Bill, la pobre Lagartija, estaba en medio del grupo, sostenido por dos Conejillos de Indias, que le daban de beber. Todos se abalanzaron sobre Alicia en cuanto apareció, pero echó a correr a toda prisa y pronto se encontró a salvo en un tupido bosque.

"Lo primero que tengo que hacer", se dijo, mientras andaba por el bosque, " es recobrar mi estatura normal; después de esto, encontrar la forma de penetrar en aquel jardín encantador. Me parece un plan muy bueno".

Parecía, efectivamente, un plan excelente, a la vez sencillo y preciso; la única pega era que Alicia no sabía en absoluto cómo ponerlo en práctica. Mientras miraba a su alrededor con inquietud, un débil ladrido

encima de su cabeza le hizo levantar los ojos instintivamente.

Un enorme cachorro la miraba desde arriba con unos grandes ojos redondos e intentaba tocarla, extendiendo tímidamente una de sus patas.

—¡Pobre animalito! —dijo Alicia con voz cariñosa.

Luego intentó lo mejor que pudo silbar al perrito, pero la verdad es que le asustaba la idea de que pudiera tener hambre, pues en ese caso podría tragarla de un bocado a pesar de sus mimos.

Como no sabía que hacer, recogió un palito y se lo tendió; entonces el perrito dio un gran salto ladrando de alegría, luego se abalanzó sobre el palito y se puso a mordisquearlo; Alicia se escurrió rápidamente tras un cardo enorme para evitar que la derribara, pero, en cuanto apareció por la otra parte del cardo, el perrito se abalanzó de nuevo y por la prisa de agarrarlo dio una voltereta; entonces Alicia (que tenía verdaderamente la impresión de estar jugando con un caballo percherón y que imaginaba que iba a ser arrollada de un momento a otro) se escurrió de nuevo tras el cardo; con lo cual el perrito inició una serie de ataques breves contra el palo avanzando muy poco y retrocediendo siempre sin dejar de ladrar con voz ronca; por fin, se sentó a cierta distancia, jadeante, con la lengua fuera y sus grandes ojos medio cerrados.

Alicia pensó que se le presentaba una buena oportunidad de huir, salió inmediatamente y corrió hasta que, cansada y jadeante, el ladrido del perro sonó débilmente a lo lejos.

"Sin embargo, ¡qué perro más gracioso!", se dijo mientras se apoyaba contra una campanilla para descansar y se abanicaba con una de sus hojas. "Me hubiera encantado enseñarle truquitos, si... si hubiera tenido el tamaño adecuado para ello. ¡Dios mío! ¡Casi me olvidaba de que tengo que crecer! Vamos a ver... ¿Cómo me las voy a apañar? Supongo que tendré que comer o beber algo; pero ¿qué? Esa es la cuestión".

Ciertamente la cuestión era ¿qué? Alicia miró las flores y las briznas de hierba a su alrededor sin ver nada que se pareciera a lo que podía comer o beber, dadas las circunstancias. Muy cerca de ella se erguía una seta, se le ocurrió que también podría mirar lo que había encima de la seta.

Se puso de puntillas, echó una mirada atenta y sus ojos se toparon inmediatamente con los de una gran oruga azul, sentada con los brazos cruzados, fumando tranquilamente un narguile, sin prestar atención a Alicia ni a nadie.

Capítulo 5

CONSEJOS DE UNA ORUGA

La Oruga y Alicia se estuvieron mirando en silencio durante un buen rato. Por fin, la Oruga se quitó el narguille de la boca y le pregunto con voz lánguida y dormida:

—¿Quién eres?

No era precisamente el modo más alentador de entablar una conversación. Alicia respondió algo intimidada:

—Es que ¡mire usted, señora!... no lo sé muy bien por el momento... Sé quién era, cuando me levanté esta mañana, pero creo que me han cambiado varias veces desde esta mañana.

—¿Qué quieres decir? —preguntó la Oruga con tono severo—. Explícate.

—Temo no poder explicarme, señora, pues yo no soy yo, ¿ve usted?

—No, no veo nada —dijo la Oruga.

—Temo no poder aclarárselo más —prosiguió Alicia con cortesía—, pues, para empezar, ni yo misma comprendo lo que me ocurre y, además, eso de cambiar de tamaño tantas veces en un solo día es para devanarse los sesos.

—¡En absoluto! —replicó la Oruga.

—A lo mejor usted nunca se ha dado cuenta hasta ahora; pero, cuando se vea en la obligación de transformarse en una crisálida (y esto le sucederá algún día, ¿sabe usted?), luego en una mariposa, supongo que eso le parecerá un tanto extraño.

—De ninguna manera —declaró la Oruga.

—Puede ser que a usted le produzca esta sensación, pero a mí me parecería un tanto extraño.

—¿A ti? —exclamó la Oruga con tono de desprecio—. ¿Y quién eres tú?

Con lo cual volvían al principio de su conversación. Alicia, un poco irritada de que la Oruga le hablara tan secamente, se engalló y declaró en tono solemne:

—Me parece que tendría que ser usted la primera en decir cómo se llama.

—¿Por qué? —replicó la Oruga.

Era una pregunta muy desconcertante; como Alicia no lograba encontrar un argumento de peso y como la Oruga parecía estar de mal genio, la niña se alejó.

—Vuelve —le gritó la Oruga—. Tengo algo importante que decirte.

Esto parecía un signo prometedor. Alicia dio media vuelta y se acercó.

—No te pongas nunca de mal genio —declaró la Oruga.

—¿Y esto es todo? —preguntó Alicia tragándose la rabia lo mejor que pudo.

—No —replicó la Oruga.

Alicia pensó que en el fondo podía esperar, puesto que no tenía nada mejor que hacer; después de todo, la Oruga podría decir algo que valiera la pena oir. Durante unos minutos la Oruga fumó en silencio, pero al fin descruzó los brazos, se quitó el narguile de la boca y dijo:

—¿Así que tú crees estar cambiada?

—Eso me temo, señora. Soy incapaz de recordar las cosas como antes... y cambio cada diez minutos.

—¿De qué cosas no te acuerdas? —preguntó la Oruga.

—Pues, por ejemplo, intenté recitar: *"Ved cómo la industriosa abeja..."*, pero me salió todo al revés —dijo Alicia con melancolía.

—A ver, recítame *"Sois viejo, Padre Guillermo"*[18] —ordenó la Oruga.

Alicia cruzó las manos y empezó:

—Sois viejo, padre Guillermo
—dijo el joven— y muy cano
se ha puesto ya vuestro pelo.
Sin embargo, ¡de cabeza
os estáis siempre poniendo!
Decidme: ¿con vuestros años
os parece sensato eso?

—En mis años juveniles
—replicó a su hijo Guillermo—
recelé que esto pudiera
estropearme los sesos.
Mas, después de tantos años,
y ahora que he descubierto
que no me queda ninguno,
¡me pongo así cuando quiero!

—Sois viejo —prosiguió el joven—,
como observé hace un momento,
y os habéis puesto muy gordo,
amondongado y mostrenco.

Pero al cruzar el umbral
¡dísteis dos tumbas de miedo!
Os ruego me respondáis:
¿cómo explicáis el portento?

—En mis años juveniles
—replicó en seguida el viejo
sacudiendo el pelo blanco—
la agilidad de mis miembros
mantuve en perfecta forma
con este precioso ungüento.
¡Un frasco por un chelín![19]
¿Quieres comprarme un par de ellos?

—Sois viejo·—prosiguió el joven—
y, por lo que ahora observo,
vuestras débiles mandíbulas
no podrían sin esfuerzo
masticar más que manteca.
Pero con todo y con eso,
¡os habéis comido un ganso
sin dejar un solo hueso!
Os lo pido por favor:
¿cómo habéis logrado hacerlo?

—En mis años juveniles
—dijo el padre— hice Derecho,
y alterqué con mi mujer
por todo y en todo tiempo.

Y tal fuerza en mi mandíbula
desarrolló el parloteo,
que para toda la vida
me ha perdurado el efecto.

—Sois viejo —prosiguió el joven—
y la vista, por supuesto,
no la tenéis como antaño.
sin embargo, ¡estáis teniendo
una anguila en la nariz
en equilibrio perfecto!
Decidme: ¿cómo pudisteis
desarrollar tal talento?

>—¡Ya está bien! —replicó el padre—
>Tres preguntas he respuesto,
>¿y crees que voy a seguir
>tus patochadas oyendo?
>¡Vete de aquí, y menos humos,
>no te pegue en el trasero
>una patada que bajes
>la escalera dando vuelcos!

—¡Muy mal! —observó la Oruga.
—Me temo que no esté del todo bien —dijo Alicia

tímidamente—. Me han salido cambiadas algunas palabras.

—Está mal de cabo a rabo —afirmó la Oruga en tono inapelable.

Y después de unos minutos de silencio, prosiguió:

—¿Qué estatura quisieras tener?

—¡Oh! No soy muy exigente en cuestión de estatura —respondió vivamente Alicia—. Lo más aburrido es estar cambiando continuamente de estatura, ¿ve usted?

—No, no veo nada.

Alicia permaneció en silencio; nunca le habían llevado la contraria tantas veces y sintió que se le subía el mal genio.

—¿Estás conforme con tu estatura actual? —preguntó la Oruga.

—Pues, la verdad, si a usted no le importa, me gustaría ser un poquito más alta; ocho centímetros es una estatura realmente insignificante.

—Yo diría que es una estatura muy buena —exclamó la Oruga furiosa, estirándose todo lo larga que era. (Medía exactamente ocho centímetros de altura).

—Es que yo no estoy acostumbrada a ella —dijo Alicia con voz lastimera para disculparse, mientras pensaba "¡Me gustaría que todas estas criaturas no fuesen tan susceptibles!"

—Ya te irás acostumbrando con el tiempo —afirmó la Oruga. Después de lo cual se llevó el narguile a la boca y se puso de nuevo a fumar.

Esta vez Alicia esperó con paciencia a que se decidiera a hablar. Al cabo de un minuto o dos la Oruga se sacó el narguile de la boca, bostezó una o dos veces y se desperezó. Luego se bajó de la seta y se deslizó por la hierba, diciendo tan sólo mientras se alejaba:

76

—Un lado te hará crecer, el otro menguar[20].

"Un lado, ¿de qué?; otro lado, ¿de qué?", pensó Alicia.

—De la seta —dijo la Oruga como si la niña hubiera hecho las preguntas en voz alta. Y dicho esto, desapareció.

Alicia quedó mirando pensativamente la seta durante un minuto e intentó distinguir cuáles eran los dos lados; pero como era perfectamente redonda, el problema le pareció casi insoluble. Sin embargo, acabó por extender los dos brazos alrededor de la seta lo más que pudo y cortó con las manos un trocito de cada lado.

"Y ahora, ¿cuál de los dos es el bueno?", se dijo. Mordisqueó un poco del que tenía en la mano derecha para ver el efecto producido. Un momento después sintió un fuerte golpe en la barbilla: ¡acababa de dar con ella en los pies!

Asustada por ese cambio tan repentino, comprendió que no había tiempo que perder, pues estaba menguando rápidamente, por lo que se puso a comer un poco del otro trozo. Su barbilla estaba tan apretada contra su pie, que apenas podía abrir la boca, pero por fin lo consiguió y logró tragarse un bocado del trozo que llevaba en la mano izquierda.

*　　　*　　　*　　　*　　　*

*　　*　　*　　*　　*　　*　　*　　*

—¡Por fin, tengo la cabeza libre! —exclamó con alegría.

Pero casi inmediatamente su alegría se convirtió en alarma, cuando se dio cuenta de que sus hombros no aparecían por ningún sitio; lo único que veía al mirar hacia abajo era un larguísimo cuello, que parecía erguirse como un tallo sobre un océano de hojas verdes muy por debajo de ella.

"¿Qué pueden ser todas estas cosas verdes?", se dijo Alicia, "Y, ¿dónde se me habrán metido mis hombros? ¡Oh, pobres manos! ¿Por qué no puedo veros?" Y las agitaba, mientras hablaba, pero sin conseguir más resultado que el agitar ligeramente el lejano follaje.

Como le pareció que no le quedaba ninguna esperanza de poder llevar las manos a la cabeza, intentó bajar la cabeza a nivel de sus manos y con satisfacción comprobó que su cuello se torcía fácilmente en todas las direcciones como una serpiente. Acababa de conseguir inclinarlo hacia el suelo, describiendo un gracioso zig-zag y se disponía a zambullirse en medio del follaje (que no era más que las copas de los árboles bajo los que se había paseado antes), cuando un agudo silbido la hizo echarse para atrás: una Paloma grande se abalanzaba contra su cara y la golpeaba violentamente con sus alas.

—¡Serpiente! —gritó la Paloma.

—¡Si no soy una serpiente! —replicó Alicia indignada—. ¡Déjeme en paz!

—¡Serpiente, más que serpiente! —repitió la Paloma con voz más serena. Luego añadió con una especie de sollozo—: Lo he intentado todo, pero nunca están contentas.

—No tengo la menor idea de lo que está diciendo —dijo Alicia.

—He intentado en las raíces de los árboles, he intentado en las riberas, he intentado en los setos —prosiguió la Paloma sin hacerle caso—. Pero, ¡a estas serpientes no hay forma de contentarlas!

Alicia estaba cada vez más intrigada; sin embargo,

le pareció que no valía la pena pronunciar una palabra más antes de que hubiese acabado de hablar la Paloma.

—¡Como si no tuviera bastante con empollar los huevos! —prosiguió la Paloma—. Tengo que estar día y noche sobre aviso por culpa de esas malditas serpientes. ¡Uh, hace tres semanas que no pego ojo!

—Lamento que tenga problemas —dijo Alicia, que empezaba a comprender.

—Y precisamente, cuando había escogido el árbol más alto del bosque —continuó la Paloma elevando la voz hasta chillar—, precisamente, cuando creía haberme librado de ellas, mira por dónde, ahora bajan serpenteando del cielo. ¡Qué asco de serpientes!

—¡Pero le repito que no soy una serpiente! Soy... soy...

—A ver, hable. ¿Quién es usted? —dijo la Paloma—. ¡Ya veo que está inventando algo!

—Soy... soy una niña —dijo Alicia con voz vacilante, pues se acordaba de todos los cambios que había sufrido aquel día.

—¡No me venga usted con cuentos! —exclamó la Paloma con desprecio—. He visto montones de niñas en mi vida, pero ninguna tenía un cuello como ése. ¡No, no! Es usted una serpiente y de nada sirve negarlo. Supongo que querrá hacerme creer que nunca ha probado un huevo.

—¿Huevos? Sí, he probado, por supuesto —replicó Alicia, que era una niña muy sincera—; pero ¿sabe usted?, las niñas comen tantos huevos como las serpientes.

—¡No lo creo! —repuso la Paloma—. Pero, si es así, entonces las niñas son una especie de serpiente y no hay más que hablar.

Era una idea tan nueva para Alicia, que se quedó

sin decir palabra durante uno o dos minutos, lo que permitió a la Paloma añadir:

—Sé muy bien que anda buscando huevos. Visto lo visto, a mí ¿qué me importa que sea una niña o una serpiente?

—Pues a mí sí que me importa —dijo Alicia vivamente—. Pero da la casualidad de que no estoy buscando huevos; además, si los buscara, no me interesarían los suyos: no me gustan crudos.

—Pues entonces, ¡váyase! —refunfuñó áspera la Paloma, mientras volvía a instalarse en su nido.

Alicia se acurrucó entre los árboles, no sin harto trabajo, pues su cuello se le enredaba continuamente entre las ramas y de vez en cuando tenía que detenerse para desenredarlo. Al cabo de un rato se acordó de que llevaba todavía en las manos los dos trozos de seta; entonces se puso a trabajar con mucho cuidado, unas veces mordisqueando del uno, y otras del otro, creciendo y menguando alternativamente, hasta que hubo recobrado su estatura normal.

Hacía tanto tiempo que Alicia la había perdido, que al principio se sintió algo rara, pero al cabo de unos minutos se había acostumbrado y empezó a hablar sola, como solía hacer: "¡Ya está! He realizado la mitad de mi plan. ¡Qué desconcertantes son todos estos cambios! Nunca puedo estar segura de lo que va a ser de mí al minuto siguiente. A pesar de todo, he vuelto a recobrar mi estatura; no me queda más que entrar en aquel hermoso jardín y, para esto, me pregunto cómo me las podré apañar".

Mientras decía esto, llegó de improviso a un claro donde había una casita de un metro de altura. "Sean quienes sean los que viven aquí", pensó Alicia," no puedo ir a hacerles una visita con la altura que tengo: ¡se morirían del susto!"

Por lo tanto, se puso de nuevo a mordisquear el trozo que llevaba en la mano derecha y, hasta que no logró una estatura de veinte centímetros, no se aventuró a acercarse.

Capítulo 6

CERDO Y PIMIENTA

Alicia se quedó mirando la casa durante un minuto o dos, preguntándose lo que iba a hacer. De repente, un lacayo de librea salió del bosque corriendo... (pensó que era un lacayo porque llevaba una librea, pero, a juzgar sólo por su cara, antes le habría tomado por un pez) y llamó muy fuerte a la puerta con los nudillos de la mano. Le abrió otro lacayo de librea con rostro redondo y ojos saltones de rana. Alicia notó que los dos criados tenían el pelo empolvado y lleno de rizos; sintió curiosidad por saber de qué se trataba y salió del bosque para escuchar.

El lacayo-pez empezó por sacar de debajo del brazo un sobre de gran tamaño, casi tan grande como él, y se lo dio al otro diciendo con tono solemne:

—Para la Duquesa. Una invitación de la Reina para jugar al croquet.

El lacayo-rana repitió con el mismo tono solemne, aunque cambiando un poco el orden de las palabras:

—De parte de la Reina, para la Duquesa, una invitación para jugar al croquet.

Luego, ambos se inclinaron muy ceremoniosamente y se les enredaron sus rizos.

Alicia se echó a reir tan fuertemente ante el espectáculo, que tuvo que volver corriendo al bosque por miedo a que la oyeran. Cuando volvió a echar una mirada, el lacayo-pez había desaparecido y el otro estaba sentado en el suelo al lado de la puerta y miraba al cielo con aire estúpido.

Alicia se dirigió tímidamente hacia la puerta y llamó:

—No vale la pena llamar —dijo el lacayo— por dos razones. Primera, porque estoy del mismo lado de la puerta que tú, y segunda, porque hay tanto ruido ahí dentro que nadie puede oirte.

En efecto, un estrépito realmente extraordinario salía de la casa: un ruido continuo de chillidos y estornudos y de vez en cuando un gran estallido como si una fuente o una olla se hicieran añicos.

—En este caso —declaró Alicia—, ¿podría decirme, por favor, qué tengo que hacer para entrar?

—Tendría sentido llamar —prosiguió el lacayo sin hacerle caso—, si la puerta estuviera entre los dos. Por ejemplo, si estuvieras dentro, podrías llamar y yo podría dejarte salir.

Seguía mirando al cielo según hablaba y esto le parecía a Alicia una grosería. "¡Quién sabe!", pensó. "A lo mejor no puede evitarlo ¡Tiene los ojos tan arriba de la cabeza! Pero, por lo menos, podría responder a las preguntas que se le hacen."

—¿Qué debo hacer para entrar? —repitió en voz alta.

—Me voy a sentar aquí hasta mañana —declaró.

En aquel momento la puerta de la casa se abrió y un plato voló por el aire, derecho a la cabeza del lacayo; le rozó la nariz y fue a estrellarse contra uno de los árboles que se encontraban detrás de el.

—... O quizás hasta pasado mañana —prosiguió en el mismo tono, exactamente como si no hubiera pasado nada.

—¿Qué tengo que hacer para entrar? —preguntó Alicia todavía más fuerte.

—¿Tienes que entrar por necesidad? —dijo el lacayo—. Es lo primero que hay que preguntarse.

Llevaba toda la razón, pero a Alicia no le gustó que se lo recordara.

"La manera que tienen todas estas criaturas de discutir es realmente insoportable" murmuró para sí. "Es para volverse loca".

El lacayo pareció considerar que era el momento de repetir su observación, pero con variantes:

—Me quedaré aquí como un clavo —dijo— durante días y días.

—Pero, ¿qué tengo que hacer? —insistió Alicia.

—Lo que quieras —respondió el lacayo y se puso a silbar.

—¡Bah! ¿Para qué seguir hablándole? —exclamó

Alicia desesperada–. Es tonto de remate.

Y sin más, abrió la puerta y entró.

La puerta daba directamente a una cocina amplia llena de humo; en el centro, la Duquesa[21], sentada sobre un taburete de tres patas, estaba meciendo a un niño; la cocinera inclinada encima de la lumbre removía una marmita llena de sopa.

"Habrá sin duda demasiada pimienta en esta sopa", se dijo Alicia, mientras estornudaba.

Había sin duda demasiada pimienta en el aire. La misma Duquesa estornudaba de vez en cuando; en cuanto al niño, estornudaba y chillaba sucesivamente, sin un momento de respiro.

Las dos criaturas de la cocina que no estornudaban eran la cocinera y un enorme gato sentado en el hogar, con una sonrisa de oreja a oreja.

—Por favor, señora —preguntó Alicia tímidamente, pues no estaba segura de que fuera muy bien educado hablar la primera—. ¿Podría decirme por qué sonríe su gato de esa forma?

—Es un Gato del Condado de Chester[22]—dijo la Duquesa—. Esa es la razón. ¡Cerdo!

Pronunció esta última palabra con tanta violencia, que Alicia se sobresaltó; pero se dio cuenta en seguida de que iba dirigida contra el niño y no contra ella, por lo que recobró el ánimo y prosiguió:

—Yo no sabía que los Gatos del Condado de Chester estuvieran siempre sonriendo; en realidad, no sabía que los gatos podían sonreir.

—Todos los gatos pueden sonreir y casi todos lo hacen —aseguró la Duquesa.

—Nunca había visto sonreir a ninguno —dijo Alicia cortésmente, contenta de entablar una conversación.

—No cabe duda de que no has visto mucho —replicó la Duquesa.

El tono de esta observación desagradó mucho a Alicia, que juzgó que más valía cambiar de tema. Mientras intentaba encontrar uno, la cocinera apartó la marmita de la lumbre e, inmediatmente después, se puso a tirar a la Duquesa y al niño todo lo que le caía a mano: primero fueron los hierros del fogón; luego, una lluvia de cacerolas, platos y fuentes. La Duquesa no hacía caso de esos proyectiles, ni siquiera cuando la alcanzaban; en cuanto al niño, chillaba ya tanto, que resultaba absolutamente imposible saber si los golpes le hacían daño o no.

—¡Oiga, por favor! ¡Cuidado con lo que hace! —exclamó Alicia con terror y saltando para evitar los proyectiles—. ¡Ya está! ¡Esta vez sobre su preciosa naricita! —añadió viendo una cacerola particularmente voluminosa rozar la cara del niño.

—Si la gente no se metiera en lo que no le importa —refunfuñó la Duquesa—, la Tierra daría la vuelta más de prisa.

—No adelantaríamos nada con esto —dijo Alicia, contenta de poder demostrar sus conocimientos—. ¡Imagínese el trastorno que esto ocasionaría para el día y la noche! Como usted sabrá, la Tierra necesita veinticuatro horas para ejecutar...

—Hablando de ejecutar[23] —dijo la Duquesa—, ¡que le corten la cabeza de una vez!

Alicia echó una mirada ansiosa a la cocinera para ver si iba a tomarlo al pie de la letra, pero estaba muy ocupada en darle vueltas a la sopa y no parecía escuchar. Por eso, Alicia prosiguió:

—Sí, me parece que son veinticuatro horas; o ¿son acaso doce? Yo...

—¡Oh! ¡No me des la lata con tus cifras! —dijo la Duquesa—. Nunca he podido aguantarlas.

Y en esto, se puso a mecer de nuevo al niño, mientras le cantaba una especie de canción de cuna y le sacudía violentamente después de cada verso:

Al pequeño, ¡dale duro![24]
Y si estornuda, ¡un capón!
Que sólo lo hace de puro
fastidioso y molestón.

CORO

(participaron la cocinera y el niño)

¡Ay...Aay...Ayaaay!

Durante todo el tiempo que la Duquesa estuvo cantando la segunda estrofa de la canción, no dejó de tirar violentamente al niño para arriba y para abajo y el pobre niño chillaba tan fuerte, que apenas Alicia pudo distinguir las palabras.

Grito al niño violenta,
¡Y si estornuda, le casco!
Pues, en viendo la pimienta,
la nariz mete en el frasco.

CORO

¡Ay... Aay... Ayaaay!

—Toma! ¡Mécelo un poco si quieres! —dijo la Duquesa a Alicia tirándole el niño como si fuera un

paquete—. Tengo que arreglarme para ir a jugar al croquet con la Reina.

En esto abandonó rápidamente la habitación. Cuando se iba, la cocinera le tiró una sartén que por poco la alcanza.

No sin trabajo pudo alicia coger al niño, que tenía una forma extraña y que tendía los brazos y las piernas en todos los sentidos, "exactamente como una estrella de mar", pensó la niña. Cuando lo cogió, el pobrecillo resoplaba tan ruidosamente como una máquina de vapor; además, todo el rato se doblaba y se enderezaba hasta el punto de que, durante los dos primeros minutos, lo único que pudo hacer fue impedir que se cayera.

Cuando encontró el modo de sujetarlo (es decir, hacer un nudo con él y, luego, agarrarlo fuerte de la oreja derecha y del pie izquierdo para impedir que se desatara), lo sacó fuera al aire libre. "Si no llevo a este niño conmigo", pensó, "estas dos mujeres acabarán matándolo de aquí a dos días. Sería un crimen dejarlo en esta casa".

Pronunció las últimas palabras en voz alta y la criatura respondió con un gruñido (ahora había dejado de estornudar).

—No gruñas —dijo Alicia—, ésas no son formas de expresarse.

La criatura lanzó otro gruñido y Alicia muy inquieta le miró a la cara para ver lo que pasaba. No cabía la menor duda de que tenía una nariz muy respingona, que parecía más hocico que verdadera nariz; por otra parte, sus ojos eran muy pequeños para ser ojos de niñito; en conjunto a Alicia el aspecto de esa criatura no le gustó nada. "A lo mejor, sólo está sollozando", pensó; y examinó sus ojos más de cerca para ver si tenían lágrimas.

Pero no, no tenían lágrimas.

—Si es que piensas convertirte en un cerdo, monín —declaró Alicia seriamente—, ya no querré saber más de ti. ¡Cuidado con lo que te digo!

El pobrecillo sollozó de nuevo (o gruñó, ya que era imposible establecer la diferencia), y durante un rato los dos prosiguieron el camino en silencio.

Alicia empezaba a preguntarse: "¿Qué voy a hacer con esta criatura, cuando llegue a casa?", y la criatura lanzó de nuevo un gruñido tan fuerte, que le miró a la cara muy preocupada. Ahora no cabía la menor duda: era un cerdo, ni más ni menos, y a Alicia le pareció completamente absurdo seguir llevándolo en brazos[25].

Así, pues, dejó la criatura en el suelo y se sintió muy aliviada cuando vio que trotaba tranquilamente hacia el bosque. "Si hubiera crecido", pensó, "hubiera sido un niño terriblemente feo; pero, a mi parecer, es un cerdito bastante hermoso". Se puso a pensar en los otros niños que conocía y que hubieran podido ser cerditos muy hermosos; estaba pensando: "¡Si por lo menos se supiera el modo de conseguirlo!", cuando se sobresaltó ligeramente al ver el Gato del Condado de Chester sentado encima de una rama de árbol a unos cuantos metros de ella.

El Gato se limitó a sonreír cuando vio a Alicia. "Parece muy amable", pensó ella. Sin embargo, tenía unas uñas muy largas y muchos dientes, por lo que dedujo que convenía hablarle con respeto.

—Minino del Condado de Chester —empezó con bastante timidez, pues no sabía si el nombre le gustaría.

El Gato se limitó a sonreír y Alicia pensó: "Adelante, hasta ahora le va gustando", y prosiguió:

—¿Podría decirme, por favor, por dónde puedo irme de aquí?

—Todo depende del sitio adonde quieras ir —contestó el Gato.

—El sitio me importa poco... —dijo Alicia.

—En ese caso, poco importa el camino que tomes... —contestó el Gato.

—Siempre que llegue a alguna parte —añadió a modo de explicación.

—¡Oh! Si andas bastante, no dejarás de llegar a alguna parte —aseguró el Gato.

A Alicia eso le pareció indiscutible; por eso ensayó otra pregunta:

—¿Qué clase de gente vive por estos parajes?

—En esta dirección —respondió el Gato haciendo una señal con la pata derecha— vive un Sombrerero y en ésa (hizo una señal con la pata izquierda) vive una Liebre de marzo. Puedes ir a visitar a cualquiera de los dos: ambos están locos[26].

—¡Pero yo no quiero ir a ver a ningún loco! —observó Alicia.

—Eso no lo puedes evitar —repuso el Gato—. Aquí estamos todos locos. Yo estoy loco. Tú estás loca.

—¿Y cómo sabe usted que yo estoy loca? —preguntó Alicia.

—Si no estuvieras loca, no habrías venido aquí —respondió el Gato.

Alicia pensó que no probaba nada, pero prosiguió:

—¿Y cómo sabe usted que está loco?

—Para empezar —prosiguió el Gato—, me concederás que los perros no están locos, ¿no?

—Supongo que no —dijo Alicia.

—Pues verás: un perro gruñe, cuando está furioso, y mueve la cola, cuando está contento. Ahora bien, yo gruño, cuando estoy contento, y muevo la cola, cuando estoy furioso. Luego yo estoy loco.

—Yo llamo esto ronronear y no gruñir —dijo Alicia.

—Llámalo como quieras —dijo el Gato—. ¿Vas a ir a jugar hoy al croquet con la Reina?

—Me gustaría mucho —dijo Alicia—, pero no me han invitado todavía.

—Allí me verás —dijo el Gato. Y desapareció.

Alicia no se extrañó mucho, pues se había acostumbrado a que sucedieran cosas muy raras. Mientras estaba mirando el sitio donde había estado el Gato, éste volvió a aparecer.

—Una cosa —dijo—, ¿qué ha sido del niño? Casi me olvido de preguntártelo.

—Se convirtió en un cerdito —respondió Alicia con

voz sosegada, como si fuera la cosa más natural del mundo.

—No me extraña —declaró el Gato, y de nuevo desapareció.

Alicia aguardó un rato más, con la esperanza de verlo reaparecer; pero no apareció y al cabo de un minuto o dos se dirigió hacia donde le había dicho que vivía la Liebre de marzo.

"Sombrereros ya he visto antes", se dijo. "Debe de ser más interesante ver a la Liebre de marzo; como estamos en mayo, puede ser que no esté loca furiosa... o por lo menos no tanto como en marzo".

Mientras pronunciaba para sí estas palabras, levantó los ojos de nuevo y vio al Gato, que estaba sentado encima de una rama.

—¿Dijiste "cerdito" o "cardito"? —preguntó[27].

—Dije "cerdito" —replicó Alicia—. Y me gustaría que no apareciera y desapareciera tan de golpe: eso acaba mareándome.

—Vale —dijo el Gato.

Y esta vez desapareció muy despacio, empezando por la punta de la cola y terminando por la sonrisa, que permaneció presente un buen rato después de haber desaparecido todo el resto.

"¡Vaya! Muchas veces he visto un gato sin sonrisa, ¡pero nunca una sonrisa sin gato!... ¡Es la cosa más curiosa que he visto en mi vida!", pensó Alicia.

No había andado mucho cuando divisó la casa de la Liebre de marzo; al menos pensó que ésa era, porque las chimeneas tenían forma de orejas y el tejado estaba cubierto de bálago. La casa parecía tan grande, que Alicia no se atrevió a acercarse antes de haber mordisqueado un poquito del trozo de seta que llevaba en la mano izquierda y haber alcanzado los sesenta centímetros. Incluso siguió avanzando con bastante timidez mientras pensaba: "Y si a pesar de todo estuviera loca furiosa, casi siento no haber ido a visitar al Sombrerero".

Capítulo 7

UNA MERIENDA DE LOCOS

La Liebre de marzo y el Sombrerero[28] estaban tomando el té delante de la casa, en una mesa colocada bajo un árbol. Sentado entre ellos se hallaba un Lirón profundamente dormido, y los otros dos apoyaban sus codos en él como en una almohada, mientras hablaban por encima de su cabeza.

"Es una postura poco cómoda para él", pensó Alicia, "pero, como duerme, supongo que le da igual".

La mesa era muy grande; sin embargo, los tres se apretaban el uno contra el otro en una esquina.

—¡No hay sitio! ¡No hay sitio! —gritaron al ver a Alicia.

—¡Hay sitio de sobra! —gritó Alicia indignada.

Luego se sentó en un amplio sillón a un extremo de la mesa.

—¿No quieres tomar un poco de vino? —propuso la Liebre de marzo con tono incitador.

Alicia echó una ojeada por toda la mesa, pero no vio más que té.

—No veo vino —observó.

—No lo hay —dijo la Liebre de marzo.

—Pues, es una falta de educación ofrecérmelo —replicó Alicia furiosa.

—También es una falta de educación sentarte sin que te inviten —dijo la Liebre de marzo.

—No sabía que era vuestra mesa —dijo Alicia—. Está preparada para más de tres personas.

—Necesitas un corte de pelo —declaró el Sombrerero. (Hacía un buen rato que la estaba observando con curiosidad y éstas eran sus primeras palabras).

—Tendría que aprender a guardar para sí sus comentarios —replicó Alicia muy seriamente—. Es una grosería inadmisible.

El Sombrerero al oir esto, abrió unos ojos como platos; pero se limitó a preguntar:

—¿A que no sabes en qué se parece un cuervo a una mesa de trabajo?

"¡Perfecto! Vamos a divertirnos un poco", pensó

Alicia. "Me alegro que hayan empezado a jugar a las adivinanzas"... y añadió en voz alta:

—Creo que ya lo sé.

—¿Quieres decir que piensas haber encontrado la solución? —preguntó la Liebre de marzo.

—Sí, eso es —dijo Alicia.

—En ese caso, deberías decir lo que piensas —prosiguió la Liebre de marzo.

—¡Si es lo que estoy haciendo! —respondió Alicia rápidamente—. Por lo menos... por lo menos... pienso lo que digo..., que después de todo viene a ser lo mismo, ¿no es así?

—¡En absoluto! —exclamó el Sombrerero—. Es como si dijeras que "veo lo que como" es lo mismo que "como lo que veo".

—Es como si dijeras —prosiguió la Liebre de marzo— que "me gusta lo que tengo" es lo mismo que "tengo lo que me gusta".

—Es como si dijeras —añadió el Lirón (que parecía hablar en sueños) —que "respiro cuando duermo" es lo mismo que "duermo cuando respiro".

—Para ti es lo mismo —dijo el Sombrerero al Lirón.

Y con esto la conversación decayó y los cuatro se quedaron un minuto sin hablar, mientras Alicia recorría en su memoria todo lo que sabía sobre cuervos y mesas de trabajo, que era más bien poco.

El Sombrerero fue el primero en romper el silencio.

—¿A cuántos estamos? —preguntó volviéndose hacia Alicia. (Había sacado el reloj de su bolsillo y lo miraba con aire preocupado, sacudiéndolo y llevándoselo al oído de vez en cuando).

Alicia reflexionó un poco antes de contestar:

—Estamos a cuatro[29].

—Este reloj lleva dos días de retraso —murmuró el Sombrerero suspirando—. Ya te dije que la mantequilla no iría bien para engrasar la maquinaria... —añadió mirando furioso a la Liebre de marzo.

—Era la mantequilla de mejor calidad que pude encontrar —respondió la Liebre de marzo compungida.

—Puede ser, pero algunas migas se habrán colado al mismo tiempo —refunfuñó el Sombrerero—. No hubieras debido echarla con el cuchillo de cortar pan.

La Liebre de marzo cogió el reloj, lo miró tristemente, luego lo sumergió en su taza de té y lo miró otra vez; pero no se le ocurrió nada mejor que repetir lo que ya había dicho:

—Era la mantequilla de mejor calidad que pude encontrar.

Alicia, que lo había observado todo por encima del hombro de la Liebre, exclamó:

—¡Qué reloj más curioso! Marca el día del mes y no marca la hora.

—¿Por qué tendría que marcar la hora? —murmuró el Sombrerero—. ¿Acaso tu reloj marca el año en que estamos?

—¡Claro que no! —respondió Alicia sin vacilar—. Pero es porque permanece en el mismo año durante mucho tiempo.

—Es exactamente el caso de mi reloj —afirmó el Sombrerero.

Alicia se sintió terriblemente desconcertada. Esta respuesta no parecía tener ningún sentido y sin embargo era correcta.

—No entiendo muy bien —dijo lo más cortésmente que pudo.

—¡Vaya! ¡El Lirón se ha quedado dormido otra vez! —exclamó el Sombrerero. Y le echó un poco de té caliente sobre la nariz.

El Lirón sacudió la cabeza con impaciencia y dijo sin abrir los ojos:

—Pues, claro, claro, eso mismo iba a decir yo.

—¿Lo sabes o no lo sabes? —preguntó el Sombrerero volviéndose hacia Alicia.

—No, me rindo —replicó Alicia—. ¿Cuál es la respuesta?

—No tengo ni la menor idea —dijo el Sombrerero.

—Yo tampoco —dijo la Liebre de marzo.

Alicia dio un suspiro de cansancio.

—Creo que podríais emplear mejor el tiempo —declaró—, en vez de perderlo en adivinanzas, cuyas respuestas no sabéis.

—Si conocieras el Tiempo tan bien como yo —dijo el Sombrerero—, no hablarías de perderlo. El Tiempo es un ser vivo.

—No entiendo lo que quiere decir —respondió Alicia.

—¡Naturalmente! —exclamó echando la cabeza para atrás con desprecio—. Supongo que nunca has hablado con el Tiempo.

—Puede ser que no —respondió Alicia con prudencia—. Lo que sí sé es que tengo que marcar el tiempo a golpes cuando doy mi lección de música[30].

—¡Ah! ¡Esa es la madre del cordero! —dijo el Sombrerero—. El Tiempo no soporta que se le den golpes. Si te llevaras bien con él, casi haría todo lo que quisieras con tu reloj. Por ejemplo, suponte que son las nueve de la mañana, la hora de empezar a estudiar tus lecciones: pues no tienes más que decirle dos palabras al Tiempo y las agujas dan vueltas en un santiamén y, ¡ya es la una y media, la hora de la comida!

("¡Ojalá fuese la hora de la comida!"), murmuró para sí la Liebre de marzo.

—Desde luego sería estupendo —dijo Alicia pensativa—; pero, bien mirado, yo no... yo no tendría ninguna gana de comer.

—Al principio, quizás —declaró el Sombrerero—, pero podrías conseguir que marcara el reloj la una y media todo el tiempo que quisieras.

—¿Eso hace usted con el Tiempo? —preguntó Alicia.

El Sombrerero movió ligeramente la cabeza con aire lúgubre:

—Desgraciadamente, no —respondió—. Regañamos en marzo del año pasado, un poco antes que ésa se volviese loca. (Señaló a la Liebre de marzo con la cucharilla). Fue durante el gran concierto que ofreció la Reina de Corazones, donde yo tenía que cantar:

> *Titila, titila, murcielaguito*[31]
> *¿qué estás haciendo siempre solito?*

—Supongo que te conocerás esta canción, ¿no?
—Me suena —dijo Alicia.
—Como sabes, sigue así —añadió el Sombrerero:

Sobre el mundo vuelas de veras
como bandeja de teteras.
Titila, titila...

En esto, el Lirón se sacudió y se puso a cantar mientras dormía:

—Titila, titila, titila, titila...— Y continuó así tanto tiempo, que tuvieron que pellizcarlo para que callara.

—Pues bien, apenas había acabado el primer verso —prosiguió el Sombrerero—, la Reina se levantó de un salto y gritó: "¡No respeta los silencios, está cargándose el Tiempo! ¡Que le corten la cabeza!"

—¡Qué barbaridad! —exclamó Alicia.

—Y desde aquel día —prosiguió el Sombrerero en tono lúgubre—, el Tiempo se niega a hacer lo que le pido. ¡Y ahora son siempre las seis de la tarde!

Se le ocurrió a Alicia una idea luminosa:

—¿Por eso hay tantas tazas de té encima de la mesa? —preguntó.

—Sí, por eso —respondió suspirando el Sombrerero—. Siempre es la hora del té y nunca tenemos tiempo de fregar las tazas.

—Daréis entonces la vuelta a la mesa perpetuamente, digo yo.

—Exacto, a medida que vamos usando las tazas —dijo el Sombrerero.

—¿Pero qué sucederá cuando lleguéis otra vez a las primeras tazas? —se atrevió a preguntar Alicia.

—¿Qué os parece si cambiamos de tema? —respondió la Liebre de marzo bostezando—. Empiezo a cansarme de todo esto. Propongo que esta jovencita nos cuente un cuento.

—Creo que no sé ninguno —dijo Alicia algo preocupada.

—En ese caso, el Lirón nos contará uno —

exclamaron ambos—. ¡Oye, Lirón, despierta!

Y, cada uno por su lado, empezaron a pellizcarlo.

El Lirón abrió lentamente los ojos.

—No estaba dormido —murmuró con voz ronca y débil—. Oí todo lo que hablabais.

—¡Cuéntanos un cuento! —ordenó la Liebre de marzo.

—¡Sí! ¡Un cuento, por favor! —dijo Alicia.

—¡Y date prisa! —añadió el Sombrerero—, ¡no vayas a dormirte antes de acabarlo!

—Eran una vez tres hermanitas —empezó apresuradamente el Lirón—. Se llamaban Elsie, Lacie y Tillie[32] y vivían en el fondo de un pozo...

—¿Y de qué se alimentaban? —preguntó Alicia, que siempre se interesaba mucho por todo lo que fuera beber y comer.

—Se alimentaban de melaza —respondió el Lirón, después de pensarlo dos minutos.

—Vamos a ver, no puede ser —observó Alicia amablemente—. Habrían enfermado.

—Estaban muy enfermas —dijo el Lirón.

Alicia trató de imaginarse ese tipo de vida tan extraordinario, pero se hacía tal lío, que prefirió seguir preguntando:

—¿Por qué vivían en el fondo de un pozo?

—Sírvete un poco más de té —le dijo la Liebre de marzo muy seriamente.

—Si todavía no he tomado nada —replicó Alicia con tono ofendido—, ¿cómo voy a tomar más?

—¡Querrás decir que no puedes tomar menos! —observó el Sombrerero—. Siempre es más fácil tomar más que menos.

—Nadie le ha pedido su opinión —replicó Alicia.

—¿Quién hace ahora comentarios? —preguntó el Sombrerero con tono de triunfo.

Alicia no supo qué contestar. Por eso, se tomó un poco de té y pan con mantequilla, luego se volvió hacia el Lirón y repitió la misma pregunta:

—¿Por qué vivían en el fondo de un pozo?

El Lirón lo pensó de nuevo durante dos minutos.

—Era un pozo de melaza —declaró.

—¡Eso no existe! —exclamó Alicia enfadada.

Pero el Sombrerero y la Liebre de marzo hicieron "¡Chist! ¡Chist!" y el Lirón observó malhumorado:

—Si no puedes callarte de una vez, mejor que acabes tú misma el cuento.

—¡No! ¡Siga por favor! —dijo Alicia—. Ya no le interrumpo más. Pensándolo bien, puede que exista un pozo de este tipo, uno solo.

—¡Sí, uno solo! —exclamó el Lirón indignado. Sin embargo, consintió en proseguir—: Así pues, estas tres hermanas aprendían a sacar del pozo...

—¿Qué sacaban del pozo? —preguntó Alicia olvidándose ya de su promesa.

—¡Melaza! —dijo el Lirón, sin pensárselo esta vez.

—Quiero una taza limpia —interrumpió el Sombrerero—. Corrámonos un puesto.

Se corrió de puesto, mientras hablaba, y el Lirón lo siguió. La Liebre de marzo cogió el sitio que el Lirón acababa de dejar y Alicia a regañadientes se puso en el de la Liebre de marzo. Unicamente el Sombrerero ganó con el cambio. Alicia se sintió peor instalada que antes, pues la Liebre de marzo acababa de derramar la jarra de leche en su plato.

Como Alicia no quería ofender otra vez al Lirón, empezó a decir con prudencia:

—Pero no entiendo. ¿De dónde sacaban la melaza?

—De un pozo de agua se puede sacar agua. Entonces no sé por qué no se va a poder sacar melaza de un pozo de melaza, ¡so tonta!

—Pero, vamos a ver, ¿estaban en el fondo del pozo o no? —preguntó Alicia al Lirón, sin darse por enterada de las últimas palabras.

—¡Claro que estaban! —replicó el Lirón—. ¡Lo que se dice en el fondo fondo!

Esta respuesta enturbió tanto las ideas de la pobre Alicia, que dejó al Lirón proseguir durante un rato sin interrumpirlo.

—También aprendían a dibujar[33] —prosiguió bostezando y restregándose los ojos, pues tenía mucho sueño—; y dibujaban toda clase de cosas... todo lo que empieza por M...

—¿Por qué por M? —preguntó Alicia.

—¿Y por qué no? —replicó la Liebre de marzo.

Alicia guardó silencio.

El Lirón había cerrado los ojos y empezaba a cabecear; pero, cuando le pellizcó el Sombrerero, se despertó sobresaltado, lanzando un grito agudo, y prosiguió:

—... Lo que empieza por M..., como matarratas, mundo, memoria y más o menos...

—Es verdad, ahora que me lo dice —dijo Alicia—, no me parece que...

—En ese caso, más vale que te calles —observó el Sombrerero.

Esta grosería era más de lo que Alicia podía soportar: profundamente disgustada, se levantó y se alejó. El Lirón se durmió en seguida; los otros dos no prestaron la menor atención a la marcha de Alicia, aunque volvió dos o tres veces la cabeza, con la esperanza de que le llamaran de nuevo. La última vez que los vio intentaban meter al Lirón de cabeza en la tetera.

"De todas formas, no volveré jamás por aquí", se dijo mientras caminaba por el bosque. "¡Es el té más estúpido al que he asistido en mi vida!"

Según decía esto, se dio cuenta de que uno de los árboles tenía una puerta, que permitía penetrar en él. "¡Eso sí que es extraño!", pensó. "Pero hoy todo es extraño. Me parece que lo mejor es que entre en seguida."

Y entró.

De nuevo se encontró en la larga sala, muy cerca de la mesita de cristal. "Esta vez voy a apañármelas mejor", se dijo. Empezó por coger la llavecita de oro y por abrir la puerta que daba al jardín. Luego se puso a mordisquear la seta (tenía guardado un trocito en el bolsillo), hasta que no tuviera más que treinta centímetros; luego atravesó el pasillo; y *luego*... se encontró finalmente en el hermoso jardín, entre los macizos de flores de colores vivos y las frescas fuentes.

Capítulo 8

EL CAMPO DE CROQUET DE LA REINA

A la entrada del jardín crecía un gran rosal; estaba cubierto de rosas blancas, pero tres jardineros se dedicaban a pintarlas de rojo. Esto le pareció a Alicia muy curioso, por lo que se acercó para mirarlos y, precisamente cuando llegaba a su altura, oyó a uno de ellos que decía:

—¡Eh! ¡Cuidado, Cinco! ¡A ver si dejas de salpicarme de pintura!

—Ha sido sin querer —respondió el otro con tono malhumorado—. Me ha empujado el Siete.

Al oir esto, el Siete levantó los ojos y declaró:

—¡Vaya, Cinco! Siempre igual: echando la culpa a los demás.

—¡Mejor será que tú te calles! —replicó el Cinco—. Ayer, sin ir más lejos, oí decir a la Reina que merecías que te cortaran la cabeza.

—¿Y por qué? —preguntó el que había hablado primero.

—¡A ti, qué te importa, Dos! —respondió el Siete.

—Claro que le importa —dijo el Cinco—; y yo se lo diré: porque llevaste a la cocinera bulbos de tulipán en vez de cebollas.

El Siete tiró la brocha, y acababa de decir: "¡Hay que ver! ¡De todas las calumnias...!", cuando sus ojos se fijaron por casualidad en Alicia, que estaba mirándolos. Se interrumpió bruscamente, los otros dos se dieron la vuelta y todos hicieron una reverencia.

—¿Podrían decirme —preguntó Alicia algo tímidamente— por qué están pintando estas rosas?.

El Cinco y el Siete no dijeron nada y se volvieron hacia el Dos, que empezó en voz baja:

—Pues, verá, señorita, a decir verdad, ese rosal hubiera debido ser un rosal rojo, pero nosotros plantamos un rosal blanco por equivocación; y si la Reina llega a descubrirlo, nos corta la cabeza a todos, ¿sabe usted? Así, ¿sabe usted?, señorita, hacemos lo que podemos antes que llegue para ...

En aquel momento, el Cinco, que miraba con ansiedad hacia el fondo del jardín, se puso a gritar;

—¡La Reina! ¡La Reina!

Y los tres jardineros se echaron al instante boca abajo. Se oyeron pisadas y Alicia, que se moría de ganas por ver a la Reina, se volvió.

Primero llegaron diez soldados cargados de tréboles: tenían la misma forma que los jardineros, oblonga
y aplanada, con manos y pies en las cuatro esquinas;
luego, venían diez cortesanos con vestidos adornados
de diamantes, e iban de dos en dos, lo mismo que los
soldados. Después de ellos venían los Infantes, eran
diez; y esas criaturas encantadoras avanzaban por
parejas, cogidos de la mano, saltando alegremente:
estaban adornados de corazones de arriba abajo[34]. A
continuación venían los invitados, en su mayor parte
Reyes y Reinas. Entre ellos, Alicia reconoció al
Conejo Blanco: hablaba de prisa con tono nervioso y
sonriendo a todo lo que se decía; pasó al lado de Alicia
sin hacerle caso. Tras los invitados avanzaba la Sota
de Corazones, que llevaba la Corona del Rey encima
de un cojín de terciopelo rojo; y, para cerrar el
imponente cortejo, venían EL REY y LA REINA DE
CORAZONES.

Alicia se preguntó si no tendría que aplastar la cara
contra la tierra como los tres jardineros, pero no
recordaba haber oído nunca que esto formara parte
del protocolo ante el paso de un cortejo. "Además",
pensó, "¿para qué serviría un cortejo, si todos
tuvieran que echarse boca abajo y no pudieran verlo
pasar?" Así que se quedó inmóvil en su sitio y esperó.

Cuando el cortejo llegó a la altura de Alicia, todos
se detuvieron para mirarle y la Reina preguntó:

—¿Quién es?

Hizo la pregunta a la Sota de Corazones, que, por
toda respuesta, se limitó a inclinarse sonriendo.

—¡Imbécil! —exclamó la Reina echando la cabeza
hacia atrás con impaciencia. Luego, volviéndose hacia
Alicia, prosiguió—: ¿Cómo te llamas, pequeña?

—Me llamo Alicia, para servir a Su Majestad
—respondió la niña cortésmente.

Pero añadió para sí: "Bien mirado, esta gente no es
más que una baraja. No tengo por qué tener miedo".

—¿Y quiénes son ésos? —preguntó la Reina,
señalando con el dedo a los tres jardineros tendidos
alrededor del rosal. Pues, como podéis suponer, al
estar tumbados boca abajo, no se les veía más que las
espaldas, que tenían el mismo dibujo que las demás
cartas, por lo que la Reina no podía adivinar si eran

jardineros, soldados, cortesanos o tres de sus hijos.

—¡Cómo quiere que lo sepa yo! —respondió Alicia, sorprendida de su atrevimiento—. ¡No son cosas mías!

La Reina se puso colorada del furor y, después de mirar ferozmente a la niña como si fuese una bestia salvaje, se puso a gritar:

—¡Que le corten la cabeza! ¡Que se la corten![35]

—¡Pero, qué tontería! —exclamó Alicia con voz alta y decidida.

La Reina calló en seguida. El Rey le puso la mano en el brazo murmurándole:

—Piénsalo un poco, querida; no es más que una niña.

La Reina se apartó de él con aire enfurecido y ordenó a la Sota:

—¡Deles la vuelta!

La Sota cuidadosamente les dio la vuelta con el pie.

—¡De pie! —gritó la Reina con voz estridente y fuerte.

Los tres jardineros se levantaron de un salto y se inclinaron ante el Rey, la Reina, los Infantes y toda la comitiva.

—¡Basta! —gritó la Reina—. ¡Me estáis mareando!—. Luego, volviéndose hacia el rosal, prosiguió—: ¿Qué estabais haciendo aquí?

—Con la venia de Su Majestad —empezó el Dos con voz muy humilde, doblando la rodilla—, intentábamos...

—Sí, ya veo... —dijo la Reina que había examinado las rosas—. ¡Que les corten la cabeza!

Dicho esto, el cortejo prosiguió su camino, excepto tres soldados que se quedaron atrás para ejecutar a los desgraciados jardineros. Estos se arrojaron sobre Alicia para implorar su protección.

—¡No quiero que les corten la cabeza! —exclamó

metiéndolos en una maceta grande, que había allí.

Los tres soldados los estuvieron buscando durante uno o dos minutos y luego se marcharon tranquilamente con los demás.

—¿Les habéis cortado la cabeza? —gritó la Reina.

—¡Su cabeza ya no está para agradar a Su Majestad! —respondieron los soldados.

—¡Perfecto! —vociferó la Reina—. ¿Sabes jugar al croquet?

Los soldados permanecieron en silencio y miraron a Alicia, porque la pregunta iba por supuesto dirigida a ella.

—Sí —vociferó Alicia.

—Pues ven —chilló la Reina.

Y Alicia se unió al cortejo, preguntándose lo que pasaría después.

—Hace... hace muy bueno hoy —murmuró una voz tímida a su lado. Era el Conejo Blanco; iba a su lado y de vez en cuando le clavaba una mirada preocupada.

—Sí, muy bueno —dijo Alicia—. Pero ¿dónde está la Duquesa?

—¡Calle! ¡Calle! —murmuró vivamente el Conejo mirando para atrás con aire temeroso. Luego, poniéndose de puntillas, se acercó al oído de Alicia y añadió en voz baja—: Ha sido condenada a muerte.

—¿Y por qué? —preguntó Alicia.

—¿Ha dicho "¡Qué lástima!"? —preguntó el Conejo.

—No, no he dicho eso —dijo Alicia—. Pues no me parece de ningún modo que sea una lástima. He preguntado por qué.

—Le dio un puñetazo a la Reina... —empezó el Conejo. Al echarse Alicia a reir a carcajadas, el Conejo murmuró con voz temerosa—: ¡Calle, por favor! ¡Le va a oir la Reina! La Duquesa, ¿sabe usted?, llegó con retraso y la Reina le dijo...

—¡Cada uno a su sitio! —gritó la Reina con voz de trueno.

Todos echaron a correr en todas direcciones, tropezando unos con otros. Sin embargo, al cabo de uno o dos minutos, cada uno estaba en su puesto y empezó la partida.

Alicia no había visto en su vida un campo de croquet tan extraño: no tenía más que montoncitos y hoyos las bolas eran erizos vivos; los mazos, flamencos[36] vivos; y los soldados tenían que doblarse, con los pies y las manos en el suelo, para formar los arcos.

Desde el principio a Alicia le pareció que lo más difícil era manejar el flamenco, pero encontró una forma de mantenerlo bajo el brazo con las patas colgando; aun así, cuando por fin conseguía endere-

zarle el largo cuello y se disponía a dar un buen golpe con la cabeza del pájaro al erizo que hacía de bola, el flamenco se retorcía y la miraba tan extrañado, que Alicia no podía contener la risa; por otra parte, cuando le había hecho bajar la cabeza y se disponía a empezar de nuevo, se encontraba con que el erizo se había desenroscado y se alejaba lentamente; además, casi siempre había un hoyo o un montón en el sitio a que se proponía mandar al erizo; y además, como los soldados doblados en dos no dejaban de incorporarse para irse a otras partes del campo, Alicia llegó pronto a la conclusión de que era un juego muy difícil.

Todos los jugadores jugaban a la vez, sin esperar su turno; regañaban continuamente y se quitaban los erizos unos a otros. Al cabo de un rato, la Reina, montando en terrible cólera, recorrió el campo dando patadas y gritando: "¡Que le corten la cabeza! ¡Que le corten la cabeza!" cada dos por tres.

Alicia empezaba a sentirse preocupada; a decir verdad, no había regañado todavía con la Reina, pero sabía que esto podía ocurrir de un momento a otro. "En este caso", pensaba, "¿qué va a ser de mí? Es terrible esta manía de querer cortar la cabeza a la gente. ¡Lo que más me extraña es que aún quede alguno vivo!"

Estaba mirando a su alrededor para ver si había forma de escaparse, preguntándose si podría alejarse sin que la vieran, cuando advirtió una curiosa aparición en el aire. Al principio estaba muy intrigada, pues no lograba distinguir lo que era, pero, después de mirar atentamente durante uno o dos minutos, cayó en la cuenta de que se trataba de una sonrisa y pensó: "Debe de ser el Gato del Condado de Chester, por fin voy a tener alguien con quien hablar".

—¿Qué tal te va? —dijo el Gato en cuanto tuvo bastante hocico para hablar.

Alicia esperó hasta que aparecieran sus ojos para saludarle con un gesto de la cabeza. "De nada sirve que le hable", pensó, "hasta que no hayan aparecido sus orejas o por lo menos una". Al cabo de un minuto se hizo visible toda la cabeza; Alicia dejó entonces su flamenco en el suelo y se puso a contarle la partida de croquet, contenta de tener alguien que la escuchara. Al Gato debió de parecerle que se le veía una parte suficiente de su persona, por lo que no dejó ver más.

—A mi parecer, no juegan limpio —empezó bastante descontenta—; y además se pelean de una manera tan horrible, que no hay quien oiga nada; y parece que no hay reglas de juego (en todo caso, si las hay, nadie las cumple); y no puede tener idea de lo desconcertante que es jugar con seres vivos: por ejemplo, el arco debajo del cual debía pasar mi bola se paseaba por la otra parte del campo y estoy segura de que hubiera dado un buen golpe al erizo de la Reina hace un rato, si no se hubiera escapado al acercarse el mío.

—¿Qué te parece la Reina? —preguntó el Gato en voz baja.

—¡No me gusta nada! —exclamó Alicia—. Es tan ... es tan... —En ese momento se dio cuenta de que a sus espaldas estaba la Reina escuchando, por lo que prosiguió así—: Tan seguro que va a ganar ella, que casi es inútil seguir jugando.

La Reina sonrió complacida y prosiguió su camino.

—¿Con quién diablos hablas? —preguntó el Rey acercándose a Alicia y mirando la cabeza del Gato con gran curiosidad.

—Es un amigo mío..., un Gato del Condado de Chester —dijo Alicia—. Permítame que se lo presente.

—No me gusta nada su aspecto —declaró el Rey—. Sin embargo, le doy permiso para besarme la mano, si quiere.

—Prefiero no hacerlo —replicó el Gato.

—No sea impertinente —dijo el Rey—. ¡Y no me mire de esa manera! —añadió, escondiéndose detrás de Alicia.

—¡Un Gato bien puede mirar a su Rey![37] —observó Alicia—. Lo he leído en algún sitio, no recuerdo dónde.

—Puede ser, pero entonces hay que hacerlo desaparecer —afirmó el Rey muy decidido. Y llamó a la Reina, que pasaba por allí en aquel momento—:

Querida, ¡me gustaría que hicieras desaparecer a ese Gato!

Para la Reina no había más que una forma de solucionar cualquier dificultad, grande o pequeña.

—¡Que le corten la cabeza! —gritó sin siquiera darse la vuelta.

—Yo mismo traeré al verdugo —dijo el Rey con prontitud. Y se alejó a toda prisa.

Alicia pensó que más valdría que se reuniese con los jugadores y ver cómo iba la partida, porque oía a lo lejos a la Reina que gritaba desaforadamente. La había oído ya condenar a muerte a tres jugadores por haber dejado pasar su turno, y esto no le gustaba nada porque la partida estaba en tal estado de confusión, que nunca sabía si le tocaba o no. Así, pues, se puso a buscar su erizo.

Este estaba peleándose con otro erizo y Alicia vio entonces una excelente oportunidad de hacer una buena jugada: el único problema era que su flamenco se encontraba al otro lado del jardín. Alicia podía ver cómo intentaba vanamente levantar el vuelo para subirse a un árbol.

Antes de que hubiera cogido y traído el flamenco, la batalla de los erizos había terminado y los dos erizos habían desaparecido. "No tiene mucha importancia", pensó, "pues no queda ni un arco por esta parte del campo".

Se puso el flamenco debajo del brazo para impedir que se escapara de nuevo, y luego volvió hacia donde estaba su amigo para charlar un poco más.

Cuando llegó al sitio donde se encontraba el Gato del Condado de Chester, se sorprendió al verlo rodeado de mucha gente: el verdugo, el Rey y la Reina discutían, hablando todos a la vez, mientras los demás estaban callados y parecían muy incómodos.

En cuanto llegó Alicia, los tres personajes la llamaron para que decidiera la cuestión. Cada uno le expuso sus argumentos, pero, como hablaban todos a la vez, le costó mucho entender lo que decían exactamente.

El verdugo declaraba que era imposible cortar una cabeza si no había cuerpo de donde separarla y que nunca hasta ahora había hecho algo semejante y que a su edad no iba a empezar a hacerlo.

El Rey declaraba que todo lo que tenía cabeza podía ser decapitado y que se dejara de monsergas.

La Reina declaraba que, si no se ponía remedio a la situación en un santiamén, condenaría a muerte a todos los que la rodeaban. (Esa última observación explicaba el aire grave y preocupado de la concurrencia).

A Alicia no se le ocurrió nada mejor que esto:

—El Gato es de la Duquesa; tendrían que dirigirse a ella.

—Está en la cárcel —dijo la Reina al verdugo—. Tráela aquí.

A estas palabras, el verdugo salió disparado.

En cuanto se fue, la cabeza del Gato empezó a desvanecerse; antes de que volviera el verdugo con la Duquesa, había desaparecido por completo: el Rey y el verdugo echaron a correr como locos en todas direcciones para encontrarla, y el resto de la comitiva se fue a reanudar la partida interrumpida.

Capítulo 9

HISTORIA DE LA FALSA TORTUGA

—¡Chica!, no sabes cuánto me alegro de volver a verte —dijo la Duquesa, mientras cogía con mucho cariño a Alicia del brazo y se alejaba con ella.

Alicia se alegró de verla de tan buen humor y pensó que a lo mejor la pimienta la había puesto tan furiosa el día en que la vio por primera vez en la cocina.

"Cuando yo sea Duquesa", pensó (sin estar muy convencida), "no tendré ni un solo grano de pimienta en la cocina. La sopa sabe tan bien sin ella... Quién sabe, a lo mejor es la pimienta la que pone a la gente de mal humor", prosiguió muy satisfecha de haber descubierto una nueva regla, "y el vinagre lo que los hace agrios... y la manzanilla lo que les hace amargos... y el regaliz y otras golosinas lo que hace a los niños dulces y amables. Me gustaría que todos lo supieran, porque así no estarían siempre regateando los dulces..."

Como se había olvidado por completo de la Duquesa, se sorprendió al oir su voz muy cerca de su oído:

—Nena, estás pensando en algo y por eso te olvidas de hablar. Por el momento, no sé decirte qué moraleja se puede sacar de este hecho, pero dentro de un rato me vendrá a la memoria.

—A lo mejor no se puede sacar ninguna moraleja —se atrevió a observar Alicia.

—¡Que va! —continuó la Duquesa, mientras se apretujaba un poco más contra Alicia—. Se puede sacar una moraleja de todo: no hay más que encontrarla.

A Alicia no le gustaba tener a la Duquesa tan cerca: primero, porque era realmente muy fea; segundo, porque tenía la estatura adecuada para poder apoyar su barbilla sobre el hombro de Alicia, y era una barbilla de lo más desagradable por lo puntiaguda que la tenía. Sin embargo, como no quería ser grosera, soportó lo mejor que pudo la molestia.

—Parece que la partida va un poco mejor ahora —comentó Alicia por decir algo.

—Pues sí —afirmó la Duquesa—. Moraleja: "¡El amor, sí el amor, hace dar vueltas a la Tierra!"

—Alguien dijo —murmuró Alicia— que la Tierra daba vueltas, cuando no se metía uno en las cosas de los demas. [38]

—En cierto sentido viene a ser lo mismo —dijo la Duquesa hundiéndole su barbilla puntiaguda en el hombro. Luego añadió—: Moraleja: "Cuídate del sentido, que las palabras vienen por sí solas". [39]

"¡Qué manía tiene de sacar moraleja a todo!", pensó Alicia.

—Me apuesto a que te preguntas por qué no te cojo del talle —prosiguió la Duquesa después de un momento de silencio—. Es que tengo mis dudas sobre el humor de tu flamenco. ¿Hacemos la prueba?

—A lo mejor le da un picotazo —dijo Alicia con cautela, pues no le apetecía verle hacer la prueba.

—Exacto —dijo la Duquesa—. Los flamencos y la mostaza pican por igual. Moraleja: "Dios los crea y ellos se juntan".

—Sólo que la mostaza no se parece a un pájaro —observó Alicia.

—Tienes razón, como siempre —dijo la Duquesa—. ¡Qué bien dices las cosas!

—Me parece que la mostaza es un mineral —prosiguió Alicia.

—Claro que sí —dijo la Duquesa, que parecía dispuesta a estar en todo de acuerdo con lo que dijera Alicia—. Cerca de aquí hay una mina de mostaza. Moraleja: "¡Si quieres tener mina, cómprate un lápiz!".

—¡Oh! Ya lo sé —exclamó Alicia, que no había escuchado la última frase—. Es un vegetal. No lo parece, pero lo es.

—Estoy totalmente de acuerdo contigo —dijo la Duquesa—. Moraleja: "Más vale ser que parecer" o para hablar más claro: "Nunca trates de ser distinta de

123

como te ven los demás, porque lo que seas o hayas sido nunca será otra cosa que lo que les hayas parecido a los demás."

—Creo —observó Alicia con mucha delicadeza— que lo entendería mucho mejor, si lo viera escrito; pero temo no seguirle muy bien, cuando lo dice.

—Eso no es nada comparado con lo que podría decir, si quisiera —replicó la Duquesa con satisfacción.

—Se lo ruego, no se moleste en decir más —declaró Alicia.

—Pero si no es ninguna molestia para mí —afirmó la Duquesa—. Te regalo todo lo que he dicho hasta ahora.

"¡Eso sí que es un regalo económico!", pensó Alicia. "¡Me alegro de que la gente no dé para el cumpleaños regalos de este tipo!" (Pero no se atrevió a decirlo en voz alta).

—¿Ya estás pensando otra vez? —preguntó la Duquesa hundiéndole de nuevo la barbilla puntiaguda en el hombro.

—Tengo derecho a pensar —replicó Alicia secamente, pues empezaba a estar un poco irritada.

—Más o menos el mismo derecho que tienen los cerdos a volar —dijo la Duquesa—. Mor...

Pero en ese mismo instante y con gran sorpresa de Alicia la voz de la Duquesa se apagó en medio de su palabra predilecta: "Moraleja", y el brazo que había pasado por debajo del de su compañera se puso a temblar. La niña levantó los ojos: delante de ellas estaba la Reina con los brazos cruzados y con el rostro tan amenazador como una tormenta.

—¡Hermoso día, Majestad! —empezó la Duquesa con voz baja y débil.

—Ahora le voy a dar el último consejo —gritó la Reina dando una patada en el suelo—. Una de dos: o se quita de mi vista o le quito la cabeza en menos que canta un gallo. ¡Así que elija!

La Duquesa eligió y desapareció en un santiamén.

—Sigamos jugando —dijo la Reina, y Alicia, que estaba muy asustada para poder pronunciar una palabra, la siguió despacio hasta el campo de croquet.

Los otros invitados habían aprovechado la ausencia de la Reina para descansar a la sombra; pero, en cuanto la vieron llegar, se apresuraron a reanudar la partida, mientras su Majestad se limitaba a declarar que el más leve descuido les costaría la vida.

Mientras duró la partida, la Reina no dejó de reñir con los otros jugadores y de gritar: "¡Que le corten la cabeza! ¡Que le corten la cabeza!"

Los condenados eran detenidos por los soldados, que naturalmente debían dejar de formar arcos para proceder a las detenciones; de forma que, al cabo de media hora, ya no quedaban arcos y todos los jugadores, a excepción del Rey, de la Reina y de Alicia, habían sido detenidos y condenados a quedarse sin cabeza.

Entonces la Reina, casi sin aliento, dejó la partida y preguntó a Alicia:

—¿Has visto ya la Falsa Tortuga?

—No, además ni siquiera sé lo que es una Falsa Tortuga —respondió Alicia.

—Eso que sirve para hacer la sopa de Falsa Tortuga.[40]

—Nunca la he visto ni he oído hablar de ella.

—Entonces, vamos —dijo la Reina—; ella te contará su historia.

Mientras se alejaban las dos, Alicia oyó al Rey que decía en voz baja a los acompañantes:

—Quedáis todos perdonados.

"¡Vaya! ¡Está muy bien!", pensó Alicia, pues las

ejecuciones ordenadas por la Reina la habían puesto triste.

Al poco rato se encontraron con un Grifo[41], que dormía profundamente, tendido a pleno sol (si no sabéis lo que es un Grifo, mirad el dibujo).

—¡Arriba, perezoso! —gritó la Reina—. Conduce a esta chica hasta la Falsa Tortuga, para que le cuente su historia. Tengo que irme para ocuparme de unas cuantas ejecuciones que he ordenado.

Dicho esto, se alejó dejando a Alicia sola con el Grifo. El aspecto de ese animal no le gustaba nada a la niña, pero pensó que, a pesar de todo, estaría más segura a su lado que siguiendo a esa Reina tan salvaje; por eso esperó.

El Grifo se levantó y se restregó los ojos; luego miró a la Reina hasta que hubo desaparecido y por fin se echó a reir bajito.

—¡Qué gracia! —dijo tanto para Alicia como para él.

—¿Qué es lo que tiene gracia? —preguntó Alicia.

126

—Pues ella —dijo el Grifo—. Todo esto es pura imaginación; en realidad, nunca ejecutan a nadie. ¡Vamos!

No habían andado mucho, cuando divisaron a lo lejos a la Falsa Tortuga, triste y solitaria; estaba sentada sobre una roca y, a medida que se iban acercando, Alicia podía oirle suspirar como si su corazón fuera a reventar. A Alicia se le partía el alma.

—¿Qué le pasa? —preguntó al Grifo.

Y respondió casi con las mismas palabras de antes:

—Todo esto es pura imaginación. En realidad, no le ha ocurrido ninguna desgracia. ¡Vamos!

Se dirigieron, pues, hacia la Falsa Tortuga, que los miró con sus grandes ojos bañados en lágrimas, pero sin decir nada.

—La señorita que aquí está —explicó el Grifo— tiene muchas ganas de que le cuentes tu historia, muchísimas.

—Se la voy a contar —respondió la Falsa Tortuga con voz hueca y cavernosa—. Sentaos los dos y no digáis ni una palabra hasta que no haya acabado.

Se sentaron y nadie habló durante unos minutos. Alicia pensó: "No sé cómo podrá terminar si no empieza". Pero esperó con paciencia.

—Antaño —dijo por fin la Falsa Tortuga lanzando un profundo suspiro—, yo era una verdadera Tortuga.

Estas palabras fueron seguidas de un largo silencio, interrumpido únicamente por un "¡Grrr!", que dejaba escapar de vez en cuando el Grifo y por los largos y continuos sollozos de la Falsa Tortuga. Alicia estuvo a punto de levantarse y de decir: "Muchas gracias, señora, por su interesante historia", pero no pudo dejar de pensar que había con toda seguridad una continuación; por eso se quedó sentada sin moverse y sin rechistar.

—Cuando éramos pequeñas —prosiguió finalmente la Falsa Tortuga con voz más tranquila, pero lanzando todavía sollozos de vez en cuando—, íbamos a la escuela al mar. La maestra era una vieja Tortuga... la llamábamos Tortuga Palustre.

—¿Y por qué la llamabais palustre si era una Tortuga de mar? Leí una vez que Tortuga Palustre es una Tortuga de tierra.

—La llamábamos Tortuga Palustre, porque, dando

clase, ¡era más paleta que un palustre![42] ¡Pues, chica, qué corta eres! —respondió la Falsa Tortuga.

—Debería darte vergüenza hacer preguntas tan elementales —añadió el Grifo.

Después de lo cual, ambos quedaron sentados en silencio, con los ojos fijos en la pobre Alicia, a la que le hubiera gustado que le tragara la tierra.

Al fin el Grifo dijo a la Falsa Tortuga:

—¡Al rollo, vieja! ¡Que es para hoy!

Y continuó así:

—Sí, íbamos a la escuela al mar, aunque no te lo creas...

—Yo no he dicho que no me lo creo —exclamó Alicia interrumpiéndola.

—Sí que lo has dicho —replicó la Falsa Tortuga.

—Cállate —añadió el Grifo, antes de que Alicia pudiera decir algo.

Después de lo cual, la Falsa Tortuga prosiguió su narración:

—Intentaban darnos una educación esmeradísima; de hecho, íbamos a la escuela diariamente...

—Yo también —dijo Alicia—. No tiene por qué presumir por tan poca cosa

—¿Tenía asignaturas optativas tu escuela? —preguntó la Falsa Tortuga algo ansiosa.

—Sí, nos enseñaban francés y música —respondió Alicia.

—¿Y lavado? —dijo la Falsa Tortuga.

—¡Claro que no! —dijo Alicia indignada.

—¡Ah! En ese caso, tu escuela no era de las mejores —declaró la Falsa Tortuga muy aliviada—. En cambio, en nuestra escuela, venía al final del folleto: "Asignaturas optativas: Francés, música y lavado".[43]

—Eso no lo necesitabais —observó Alicia—, puesto que vivíais en el fondo del mar.

—Yo no podía pagar las asignaturas optativas —respondió la Falsa Tortuga suspirando—. No seguía más que las asignaturas comunes.

—¿En que consistían?

—Para empezar, por supuesto, oler y escupir[44], luego, las diferentes partes de la Aritmética: ambición, distracción, feificación e irrisión.

—Nunca he oído hablar de "feificación" —se atrevió a decir Alicia—; ¿de qué se trata?

El Grifo levantó sus dos patas para manifestar su sorpresa.

—¡Cómo! Nunca has oído hablar de "feificación" —exclamó—. Supongo que sabrás lo que quiere decir "embellecer".

—Sí —respondió Alicia, dudando un poco—, quiere decir... poner... algo... más bello.

—En ese caso —prosiguió el Grifo—, si no sabes lo que es "feificar", eres más tonta que una mata de habas.

Como Alicia no se sentía con ánimo de hacer más preguntas sobre el tema, se volvió hacia la Falsa Tortuga y le preguntó:

—¿Qué más os enseñaban?

—Pues teníamos Histeria —respondió la Falsa Tortuga contando por las patas—, Histeria Antigua e Histeria Moderna y la Mareografía. Luego nos enseñaban a rebujar... El profesor era un viejo congrio, que venía una vez a la semana: nos enseñaba a rebujar, bostezar y tintar al pollo.

—¿Y cómo hacíais eso de "tintar al pollo"?

—La verdad es que no sabría decírtelo —dijo la Falsa Tortuga—. En cuanto al Grifo, no ha conseguido aprenderlo.

—¡No tuve tiempo! —declaró el Grifo—; pero estudié lenguas clásicas con un viejo Cangrejo como profesor.

—Nunca pude seguir sus clases —prosiguió la Falsa Tortuga suspirando—. Decían que enseñaba el patín y el riego.

—Sí, así era, así era —afirmó el Grifo, suspirando a su vez.

Y ambas criaturas se taparon la cara con sus patas.

—¿Cuántas horas de clase teníais a diario? —preguntó Alicia, que tenía prisa por cambiar de conversación.

—Diez horas el primer día —respondió la Falsa Tortuga—, nueve horas al día siguiente y así sucesivamente.

—¡Qué método más raro! —exclamó Alicia.

—Por eso se llaman "cursos" —exclamó el Grifo—, porque se acortan de día en día.[46]

Esta era una idea nueva para Alicia y reflexionó sobre ello un rato antes de preguntar:

—Entonces, el undécimo día sería fiesta.

—Naturalmente —asintió la Falsa Tortuga.

—¿Y qué hacíais el undécimo día? —prosiguió Alicia vivamente.

—Basta ya de clases —declaró el Grifo con voz tajante—. Ahora háblame un poco de los juegos.

Capítulo 10

LA CUADRILLA DE LAS LANGOSTAS[47]

La Falsa Tortuga suspiró profundamente y se limpió los ojos con el dorso de una pata. Miró a Alicia e intentó hablar, pero durante un minuto o dos los sollozos le ahogaron la voz.

—Parece que tiene una espina en la garganta —dijo el Grifo.

Y se puso a sacudirla y a darle unos golpecitos en la espalda.

Finalmente, la Falsa Tortuga recobró el habla y, mientras las lágrimas chorreaban por sus mejillas, prosiguió con estas palabras:

—No habrás vivido mucho en el mar...

—Pues no —dijo Alicia...

—...Y puede ser que nunca te hayan presentado a una langosta...

—Una vez probé... —empezó Alicia. Pero se paró bruscamente y añadió—: No, nunca.

—...Así que no conoces lo divertida que es la Cuadrilla de las Langostas.

—Claro que no —declaró Alicia—. ¿Qué clase de baile es?

—Pues —explicó el Grifo—, se empieza colocándose en fila a orillas del mar...

—¡En dos filas! —exclamó la Falsa Tortuga—. Todos los que están: focas, tortugas, etc... Después, cuando se han barrido todas las medusas que estorban...

—...Cosa que a veces lleva mucho tiempo —aclaró el Grifo.

—... Se avanzan dos pasos...

—Cada uno con una Langosta por pareja —exclamó el Grifo.

—¡Por supuesto! —dijo la Falsa Tortuga—. Así, pues, se avanzan dos pasos al mismo tiempo que la pareja de enfrente.

—... Se cambia de langosta y se dan dos pasos hacia atrás.

—Después de esto, ¿sabes?, se tiran...

—Las langostas —gritó el Grifo dando un salto.

—... Lo más lejos posible en el mar...

—¡Y a nadar detrás de ellas! —chilló el Grifo.

—¡Se da un salto mortal en el mar! —vociferó la Falsa Tortuga, mientras saltaba como una loca.

—¡De nuevo se cambia de langosta! —berreó el Grifo.

—Se vuelve a la orilla y... con eso se acaba la primera figura —dijo la Falsa Tortuga bajando bruscamente la voz.

Luego, las dos criaturas, que no habían dejado de saltar en todas las direcciones durante la explicación, se volvieron a sentar muy tristes y muy tranquilas, y miraron a Alicia.

—Debe de ser un baile precioso —comentó Alicia tímidamente.

—¿Quieres que te enseñemos cómo se baila? —preguntó la Falsa Tortuga.

—Me encantaría —respondió Alicia.

—¡Pues vamos! Podemos empezar por la primera figura —dijo la Falsa Tortuga al Grifo—. Podemos prescindir de las langostas, ¿no te parece? ¿Quién canta?

—Canta tú —respondió el Grifo—. Se me ha olvidado la letra.

Dicho lo cual, empezaron a bailar muy seriamente dando vueltas alrededor de Alicia, pisándole a veces los pies cuando pasaban demasiado cerca de ella, y llevando el compás con sus patas delanteras, mientras la Falsa Tortuga cantaba con voz lenta y triste:

"¿Por qué no vas un poco más de prisa?",[48]
dijo una pescadilla a un caracol.
"Va detrás de nosotros un delfín,
y se acerca pisándome el talón.

¡Fíjate las tortugas y langostas
cómo avanzan, con qué velocidad!
Esperando están ya sobre la playa.
¿No quieres tú también ir a bailar?"

¿No quieres, no quisieras, no querrás, no querrías,
no quieres tú también ir a bailar?
¿No querrás, no querrías, no quieres, no quisieras,
no quieres a bailar ir también tú?

"No sabes, no sabes, no puedes saber
cuán bien y agradable resulta el vaivén,
cuando nos levanten, y con las langostas
al mar nos arrojen, nos lancen al mar."
El caracol dijo: "¡Muy lejos! ¡Muy lejos!",
y desconfiado ni quiso mirar.

No quiere, no pudiera, no querrá, no podría,
no querría también ir a bailar.
No puede, no quisiera, no podrá, no querría,
no podría a bailar ir también él.

"¿Y qué importa que nos vayamos lejos?",
replicó la escamosa pescadilla.
"El mar tiene otro lado, ya lo sabes,
y hay otra playa igual en la otra orilla.
Cuanto más de Inglaterra te separes
a Francia tanto más te acercarás.
Querido caracol, no palidezcas
y ven conmigo, vamos a bailar."

¿No quieres, no quisieras, no querrás, no querrías,
no quieres tú también ir a bailar?
¿No querrás, no querrías, no quieres, no quisieras,
no quieres a bailar ir también tú?

—Muchas gracias. Es un baile muy bonito —declaró Alicia contenta de que, por fin, se hubiera acabado—. Me gusta muchísimo esta curiosa canción de la pescadilla.

—¡Oh! Respecto a las pescadillas —dijo la Falsa Tortuga—, son... Habrás visto pescadillas, digo yo...

—Sí —respondió Alicia—, las he visto muchas veces en la cen... (se interrumpió bruscamente).

—No sé dónde está Lacen —declaró la Falsa Tortuga—, pero, si las has visto tan a menudo, sabrás cómo son.

—Creo que sí —respondió Alicia, pensándolo un poco—. Llevan la cola en la boca... y van cubiertas de migas de pan.

—Estás equivocada en lo de las migas —observó la Falsa Tortuga—; el agua del mar se las quitaría. Pero es cierto que se muerden la cola: ahora sabrás por qué...

Al llegar a este punto, la Falsa Tortuga bostezó y cerró los ojos:

—Tú dile por qué y cuéntale todo lo demás —dijo al Grifo.

—Ahora vas a ver por qué —prosiguió éste—. Quisieron ir a bailar con las langostas a toda costa. Por tanto las arrojaron al mar. Por tanto tuvieron que caer a mucha distancia. Por tanto se agarraron muy fuerte la cola con la boca, y por tanto no pudieron sacarla y eso es todo.

—Muchas gracias —declaró Alicia—; es verdaderamente muy interesante. Nunca he sabido tantas cosas sobre las pescadillas.

—Si quieres, puedo contarte muchas más —dijo el Grifo—. ¿A que no sabes por qué las pescadillas son blancas?[49]

—Pues, no lo sé —respondió Alicia—. ¿Por qué?

—Por las botas y los zapatos —declaró el Grifo con la mayor seriedad.

Alicia se quedó de una pieza.

—¡Por las botas y los zapatos! —repitió estupefacta.

—¡Pues, claro! A ver, ¿con qué limpias tus zapatos de verano?

Alicia estuvo pensando un rato antes de contestar:

—Creo que se limpian con blanco de España.

—Bien —dijo el Grifo con voz grave—. Pues, en el fondo del mar, se limpian los zapatos con blanco de pescadilla, que, como sabes, es un pescado blanco.

—¿Y quién los fabrica? —preguntó Alicia con mucha curiosidad.

—El Zapatero con la aguja y el martillo[50] —respondió el Grifo, con no poca impaciencia—. ¡Cualquier atún habría sabido responder!

—Si hubiera estado en el puesto de la pescadilla —declaró Alicia, que todavía pensaba en la canción—, habría dicho al delfín: "¡Aléjate de aquí, por favor! No te necesitamos."

—No tenía más remedio que estar con él —dijo la Falsa Tortuga—; ningún pez sensato iría a algún sitio sin su delfín[51].

—¿De verdad? —exclamó Alicia estupefacta.

—¡Claro que no! Mira, si un pez viniera a verme a mí y me dijera que iba a emprender un viaje, le preguntaría: "¿Con qué delfín?"

—¿No querrá usted decir con qué fin? —dijo Alicia.

—Quiero decir lo que digo —replicó la Falsa Tortuga ofendida. Y el Grifo añadió:

—Venga, ahora te toca contarnos tus aventuras.

138

—Puedo contaros las aventuras que me han sucedido desde esta mañana —dijo Alicia tímidamente—; pero es inútil que cuente las de ayer, porque ayer yo era totalmente distinta de lo que soy hoy...

—Explícanoslo —pidió la Falsa Tortuga.

—¡No, no! ¡Las aventuras primero! —exclamó el Grifo impaciente—. Con las explicaciones se pierde mucho tiempo.

Alicia empezó pues a contar sus aventuras desde el momento en que se había encontrado con el Conejo Blanco. Al principio se sintió un tanto intimidada, pues las dos criaturas, que se habían colocado cerca de ella, cada una a un lado, abrían los ojos como platos y la boca de par en par; luego, a medida que avanzaba el relato, fue animándose. Sus oyentes guardaban un silencio total, pero, cuando llegó al episodio de su encuentro con la Oruga y contó cómo había intentado recitar, *Sois viejo, padre Guillermo,* pero le habían salido unas palabras distintas de las que eran, la Falsa Tortuga respiró profundamente y dijo:

—Eso es muy curioso.

—Nunca he oído algo tan curioso —dijo el Grifo.

—¡Le salió muy distinto de lo que era en realidad!... —repitió pensativamente la Falsa Tortuga—. Me gustaría que me recitara algo. Dile que empiece ahora mismo —ordenó al Grifo como si pensara que éste tenía cierta autoridad sobre Alicia.

—Levántate y recita: *Es la voz del haragán* —ordenó.

"¡Cuánto les gusta a estas criaturas dar órdenes y hacerte recitar las lecciones!", pensó Alicia. "Tengo la impresión de estar en clase."

Sin embargo, se levantó y empezó a recitar; pero se acordaba tanto de la cuadrilla de las Langostas, que ya no sabía muy bien lo que decía y las palabras que pronunció eran realmente muy raras: [52]

¡Es la voz de la langosta! He oído que se quejaba:
"Me han tostado demasiado, me tendré azúcar que echar".
Como el pato con sus párpados, la langosta con sus napias
tuerce el tobillo, se abrocha, se ajusta el cinto y está.

Cuando la arena está seca, alegre como una alondra,
habla en tono despectivo incluso del tiburón..
Pero sube la marea, los tiburones la rondan,
y entonces su voz se quiebra en balbuceo temblón.

—Es distinto de lo que yo solía recitar de niño —dijo el Grifo.

—Pues yo en mi vida había oído algo semejante —añadió la Falsa Tortuga—, pero me suena a una sarta de disparates.

Alicia no dijo nada; se había sentado con el rostro entre las manos y se preguntaba si las cosas algún día recobrarían su normalidad.

—Me gustaría que me explicara estos versos —preguntó la Falsa Tortuga.

—Es incapaz de hacerlo —dijo con viveza el Grifo—. Recítanos la tercera estrofa.

—Pero, vamos a ver —insistió la Tortuga—, ¿y el tobillo? ¿Cómo se lo podía torcer con las napias?

—Es la primera postura que se toma para bailar —respondió Alicia, quien, terriblemente desconcertada por todo esto, se moría de ganas por cambiar el tema de la conversación.

—Recítanos la tercera estrofa —repitió el Grifo—. Empieza así: *Pasé ayer por su jardín.*

Alicia no se atrevió a desobedecer, aunque estaba segura de que todo le saldría al revés, y prosiguió con voz temblorosa:

Pasé ayer por su jardín y, aunque con un ojo solo,
vi que el Búho y la Pantera repartían un pastel.
La Pantera se llevaba relleno, hojaldre y bizcocho,
mientras le tocaba al Búho sólo el plato de comer.

Cuando hubieron dado cuenta del pastel, fue permitido
al Búho que se llevase la cuchara, gran merced.
La pantera se llevaba el tenedor y el cuchillo,
y luego acabó el banquete...[53]

—¿De qué sirve repetir todas estas pamplinas —preguntó la Falsa Tortuga interrumpiéndola—, si no vas explicando lo que significan? Jamás en mi vida creo haber oído algo tan confuso.

—Sí, creo que es mejor que te pares —declaró el Grifo (y Alicia se alegró mucho de poder seguir el consejo)—. ¿Quieres que intentemos bailar otra figura de la Cuadrilla de las Langostas —prosiguió—, o

prefieres que la Falsa Tortuga te cante una canción?

—¡Ah! Una canción, por favor, si la Falsa Tortuga fuese tan amable... —respondió Alicia con tanta solicitud, que el Grifo dijo ligeramente ofendido:

—¡Hum! ¡De gustos no hay nada escrito! Bueno, chica, cántale *Sopa de Tortuga*, ¿vale?

La Falsa Tortuga dio un profundo suspiro y empezó con la voz ahogada por los sollozos:

> *¡Hermosa sopa, que, rica y verde,*
> *caliente esperas en el puchero!*
> *Ante delicia tan agradable,*
> *¿quién no cediera a su deseo?*

¡Sopa de la noche! ¡Hermosa sopa!
¡Sopa de la noche! ¡Hermosa sopa!

> *¡Hermoooo-sa sooooo-pa!*
> *¡Hermoooo-sa sooooo-pa!*

¡Soo-oo-oo-pa de la no-oo-oo-che!
¡Hermosa, hermosísima sopa!

> *¡Hermosa sopa! ¿Quién a tu lado*
> *desearía pescado o carne?*
> *¿Quién no daría cuanto tuviera*
> *por esta sopa tan deseable?*

¡Hermoo-oo-sa sooo-oo-pa!
¡Hermoo-oo-sa sooo-oo-pa!

> *¡Soo-ooo-pa de la noo-oo-che!*
> *¡Hermoo-OOSA SOPAAAA!*[54]   .

142

—Repite el estribillo —gritó el Grifo.

La Falsa Tortuga había empezado a repetirlo, cuando se oyó a lo lejos una voz que clamaba:

—¡Comienza el juicio!

—Vamos —gritó el Grifo.

Luego, cogiendo a Alicia de la mano, se fue a toda prisa, sin esperar el final de la canción.

—¿De qué juicio se trata? —preguntó Alicia, toda jadeante, sin dejar de correr.

Pero el Grifo se limitó a responder:

—¡Vamos!

Y se puso a correr cada vez más, mientras la brisa les traía estas palabras melancólicas, que se oían cada vez menos:

¡Soo-oo-pa de la no-oo-che!
¡Hermosa, hermosísima sopa!

Capítulo 11

¿QUIEN ROBO LAS TARTAS?

Cuando Alicia y el Grifo llegaron, el Rey y la Reina de Corazones estaban sentados en sus tronos, en medio de una inmensa muchedumbre compuesta de toda clase de animalillos y pajarillos, así como de todas las cartas de la baraja.

Delante de ellos estaba la Sota de Corazones, esposada y custodiada; cerca del Rey, se veía al Conejo Blanco con una trompeta en la mano y un rollo de pergamino en la otra. En el centro mismo del tribunal había una mesa cubierta de una bandeja de tartas: parecían tan ricas, que Alicia, al verlas, sintió hambre. "¡Me gustaría que se acabara el juicio", se dijo, "y que pasaran los refrescos!" Pero parecía poco probable que se realizara su deseo, por lo cual empezó a mirar a su alrededor para pasar el rato.

Nunca había estado Alicia en una sala de tribunal, pero había leído varias descripciones en libros y se alegró al constatar que sabía el nombre de casi todo lo que veía. "Este es el juez", se dijo, "pues lleva una peluca".

Hay que precisar que el juez era el Rey. Como

llevaba la corona encima de la Peluca (mirad la portadilla, si queréis ver cómo era), no parecía estar muy a gusto y carecía de toda elegancia.

"¡Ah!, ése es el banco del jurado", pensó Alicia, "y esas doce criaturas (tenía que emplear la palabra 'criatura", pues, como sabéis, había toda clase de animales y pájaros) me supongo que serán los miembros del jurado."[55] Repitió estas últimas palabras dos o tres veces muy orgullosa de saberlas; pues pensaba, con sobrada razón, que muy pocas niñas de su edad podrían conocer el significado. Sin embargo, hubiera podido emplear también la palabra "el jurado".

Los doce "miembros del jurado" estaban muy ocupados escribiendo en sus pizarras.

—¿Qué están haciendo? —preguntó Alicia al Grifo en voz baja—. Hasta que no empiece el juicio no tienen nada que escribir.

—Están escribiendo sus nombres —le cuchicheó el Grifo— por miedo de que se les olviden antes de acabar el juicio.

—¡Serán imbéciles! —exclamó Alicia con voz fuerte e indignada.

Pero se calló de repente, porque el Conejo Blanco gritaba: "¡Silencio!", mientras el Rey se ponía las gafas y miraba ansiosamente a su alrededor para ver quién estaba hablando.

Alicia pudo ver tan bien como si hubiera estado mirando por encima de sus hombros, que todos los miembros del jurado estaban copiando en sus pizarras "¡Serán imbéciles!" y que uno de ellos, al no saber cómo se escribía "imbéciles", tenía que pedir a su vecino que se lo deletreara. "¡Vaya lío que se va a armar en sus pizarras antes de terminar el juicio!", pensó.

Uno de ellos tenía un lápiz que chirriaba. Naturalmente Alicia no pudo soportarlo: dio la vuelta a la sala, se coló detrás del jurado y pronto encontró la ocasión de quitárselo. Lo hizo con tanta rapidez, que el pequeño miembro del jurado (era Bill, la Lagartija) no logró comprender cómo había desaparecido. Después de buscar por todas partes su lápiz, tuvo que escribir con un dedo durante el resto del día, lo que no servía de nada, pues el dedo no dejaba marca sobre la pizarra.

—¡Heraldo! ¡Leed el acta de acusación! —ordenó el Rey.

Al oir esto, el Conejo Blanco tocó por tres veces la trompeta, desenrolló el pergamino y leyó así:

La Reina de Corazones[56]
hizo un día de verano
unas tartas superiores.

Por allí andaba rondando
la Sota de Corazones,
y las tartas se ha llevado.

—¡Dad vuestro veredicto! —ordenó el Rey a los miembros del jurado.

—¡Todavía no! ¡Todavía no! —protestó el Conejo—. ¡Faltan muchos trámites antes de llegar a eso!

—¡Que comparezca el primer testigo! —dijo el Rey.

En seguida el Conejo Blanco tocó tres veces la trompeta y gritó:

—¡Testigo número uno!

El primer testigo era el Sombrerero. Entró con una taza de té en una mano y con un trozo de pan y mantequilla en la otra.

—Ruego a Vuestra Majestad me perdone —empezó diciendo— por presentarme así, pero no había terminado de tomar el té, cuando fueron a buscarme.

—Pues deberíais haber terminado —dijo el Rey—. ¿Cuándo lo empezasteis?

El Sombrerero miró a la Liebre de marzo, que le había seguido hasta el tribunal, cogida del brazo del Lirón.

—Creo recordar que fue el catorce de marzo —dijo.

—¡El quince! —corrigió la Liebre de marzo.

—¡El dieciséis! —añadió el Lirón.

—Apuntad todo esto —dijo el Rey a los miembros del jurado. Y éstos se apresuraron a escribir con mucho celo las tres fechas en sus pizarras, luego las sumaron, y convirtieron el total en libras y peniques.

—Quitaos vuestro sombrero —ordenó el Rey al Sombrerero.

—No es mío —respondió el Sombrerero.

—¡Robado! —exclamó el Rey, volviéndose hacia el jurado, que apuntó inmediatamente el hecho.

—No tengo ningún sombrero que sea mío —añadió el Sombrerero a manera de explicación—. Los vendo, soy sombrerero de profesión.

En este momento la Reina se puso las gafas, luego le miró tan fijamente, que se puso muy pálido y empezó a agitarse.

—¡Prestad declaración —dijo el Rey— y no os pongáis nervioso, si no queréis que os mande ejecutar inmediatamente!

Esto no pareció animar en absoluto al testigo: siguió balanceándose de un pie a otro, echando de vez en cuando miradas inquietas hacia la Reina, y en su confusión dio un mordisco a la taza en vez del pan con mantequilla.

Precisamente en ese momento Alicia experimentó una sensación muy rara, que le extrañó mucho, hasta que comprendió de qué se trataba: estaba creciendo de nuevo.

Su primera idea fue levantarse y abandonar la sala del tribunal; pero, tras reflexionar, decidió quedarse donde estaba mientras su tamaño se lo permitiera.

—Me gustaría que no me apretaras tanto —dijo el Lirón, que estaba sentado a su lado—. ¡Apenas puedo respirar!

—No tengo yo la culpa —respondió Alicia humildemente—; estoy creciendo.

—No tienes ningún derecho a crecer, por lo menos aquí —afirmó el Lirón.

—¡Déjese de tonterías! —replicó Alicia con más atrevimiento—. Sabe muy bien que también usted crece...

—Sí, pero yo crezco a un ritmo razonable y no de esa forma ridícula —observó el Lirón.

Dicho esto, se levantó muy enojado y fue a instalarse al otro lado de la sala.

Durante este tiempo la Reina no había dejado de mirar fijamente al Sombrerero y, precisamente en el momento en que el Lirón atravesaba la sala, ordenó a uno de los ujieres:

—¡Que me traigan la lista de los cantantes del último concierto!

En esto, el desgraciado Sombrerero se puso a temblar de tal forma, que perdió sus zapatos[57].

—¡Prestad declaración! —repitió el Rey furioso—. De lo contrario os mando ejecutar, estéis nervioso o no.

—¡Majestad! No soy más que un pobre hombre

150

—empezó diciendo el Sombrerero con voz temblorosa—, y no había empezado aún a tomar el té... en todo caso no hacía ni una semana... y como por una parte, las tostadas eran cada vez más delgadas... y por otra parte el titilar del té...

—¿El titilar de qué? —dijo el Rey.

—Es que todo ha empezado con té —respondió el Sombrerero.

—¡Claro que "titilar" empieza con T! —dijo el Rey ásperamente—. ¿O es que me tomáis por tonto? ¡Seguid!

—No soy más que un pobre hombre —prosiguió el Sombrerero—, y, después de esto, todo se puso a titilar..., pero la Liebre de marzo dijo...

—Yo no dije nada —interrumpió la Liebre de marzo con viveza.

—¡Lo dijiste! —replicó el Sombrerero.

—¡Lo niego! —protestó la Liebre de marzo.

—¡Lo niega! —declaró el Rey—. Vamos a cambiar de tema.

—Como queráis —dijo el Sombrerero—; de todas formas, el Lirón dijo... —siguió diciendo el Sombrerero echando a su alrededor una mirada inquieta para ver si también el Lirón iba a negarlo. Pero no negó nada, pues estaba profundamente dormido—. Después de esto —prosiguió el Sombrerero—, corté más rebanadas de pan y mantequilla...

—Pero ¿qué dijo el Lirón? —preguntó uno del jurado.

—No consigo acordarme —respondió el Sombrerero.

—Tenéis que acordaros —dijo el Rey—; de lo contrario, os mando ejecutar.

El desgraciado Sombrerero dejó caer su taza y su tostada e, hincando su rodilla en el suelo, dijo:

—¡Majestad, no soy más que un pobre hombre!

151

—¡Más bien lo que sois es un pobre orador! —declaró el Rey.

Al oir esto, uno de los Conejillos de Indias esbozó un aplauso y fue inmediatamente ahogado por los ujieres. Como esto puede parecer difícil de entender, os voy a explicar cómo procedieron: tenían un gran saco cuya boca se cerraba con cuerdecitas; metieron dentro al Conejillo de Indias, de cabeza, y luego se sentaron encima.

"Me alegro de haber visto esto", pensó Alicia. "Con mucha frecuencia he leído en los periódicos que al final de los juicios hubo una tentativa de aplausos que fue inmediatamente ahogada por los ujieres, pero hasta ahora nunca había comprendido lo que quería decir".

—Si es todo lo que sabéis del caso, podéis bajar —continuó el Rey.

—No puedo ir más abajo —dijo el Sombrerero—, ya estoy en el suelo.

—Entonces, sentaos —replicó el Rey.

Al oir esto, el otro Conejillo de Indias esbozó un aplauso y fue inmediatamente ahogado.

"¡Vaya! ¡Ya nos hemos quitado de encima a los Conejillos!", pensó Alicia. "Ahora la cosa irá mejor".

—Yo preferiría terminar mi té —respondió el Sombrerero, echando una mirada inquieta a la Reina, que estaba leyendo la lista de los cantantes.

—Podéis retiraros —dijo el Rey.

En esto el Sombrerero abandonó precipitadamente la sala, sin tomarse siquiera el trabajo de ponerse los zapatos.

—...Y no dejéis de cortarle la cabeza en cuanto esté fuera —añadió la Reina dirigiéndose a uno de los ujieres.

Pero el Sombrerero había desaparecido antes de

que éstos hubieran llegado a la puerta.

—¡Que comparezca el testigo siguiente! —ordenó el Rey.

El testigo siguiente era la cocinera de la Duquesa. Llevaba en la mano su frasco de pimienta y Alicia adivinó quién era, antes de que entrara en la sala, ya que los que se encontraban al lado de la puerta empezaron a estornudar todos a la vez.

—Prestad declaración —dijo el Rey.

—Me niego —replicó la cocinera.

El Rey echó una mirada inquieta al Conejo Blanco, que le susurró al oído:

—Su Majestad tiene que proceder a un contrainterrogatorio con este testigo.

—Bueno, si hay que hacerlo, lo haré... —dijo el Rey con aire melancólico.

Y después de cruzarse de brazos y de fruncir tanto el ceño, que apenas se veían sus ojos, preguntó a la cocinera con voz grave:

—¿De qué están hechas estas tartas?

—Casi siempre de pimienta —respondió.

—De melaza —murmuró detrás de ella una voz dormida.

—¡Coged a ese Lirón del cuello! —chilló la Reina—. ¡Cortad la cabeza a ese Lirón! ¡Expulsad a ese Lirón! ¡Ahogadlo! ¡Pellizcadlo! ¡Cortadle los bigotes!...

Durante los minutos que tardaron en expulsar al culpable, reinó en la sala del tribunal gran confusión y, cuando todos hubieron vuelto a sus puestos, la cocinera había desaparecido.

—¡No importa! —dijo el Rey muy aliviado—. ¡Que comparezca el siguiente testigo!

Y añadió en voz baja, dirigiéndose a la Reina:

—Creo realmente, querida, que tendría que proceder a un contrainterrogatorio con el testigo siguiente. Esto me da jaquecas terribles.

Alicia observaba al Conejo Blanco, que examinaba su lista de testigos, y se preguntaba con curiosidad quién sería el testigo siguiente, "pues hasta ahora no tienen muchas pruebas", se decía.

Podéis imaginaros su sorpresa, cuando el Conejo Blanco gritó muy fuerte con su vocecita aguda:

—¡Alicia!

Capítulo 12

LA DECLARACION DE ALICIA

—¡Presente! —respondió Alicia.

Estaba tan emocionada, que se olvidó de lo mucho
que había crecido durante los últimos minutos y se

levantó de un salto tan bruscamente, que volcó el banco del jurado con el borde de su falda. Los miembros del jurado cayeron encima de la cabeza de los asistentes, que estaban abajo, y quedaron tendidos patas arriba, lo cual le recordó a Alicia la pecera de los peces rojos, que había tirado al suelo por inadvertencia la semana anterior.

—¡Oh! ¡Perdonen! —exclamó consternada.

Luego se puso a levantarlos lo más rápido que pudo, pues no dejaba de pensar en los peces rojos y tenía la vaga impresión de que había que recogerlos y colocarlos en el banco sin perder un minuto, de lo contrario se morirían.

—El juicio no puede seguir —declaró el Rey con voz muy grave— hasta que todos los miembros del jurado no hayan vuelto a su mismo sitio... todos —repitió, recalcando la palabra con gran énfasis, y, al decirlo, miró fijamente a Alicia a los ojos.

Alicia miró al banco del jurado. Vio que con las prisas había colocado a la lagartija cabeza abajo y que la pobre criatura, incapaz de moverse, agitaba melancólicamente la cola en todos los sentidos. Rápidamente la sacó y la colocó en su posición normal, "aunque —pensó— no tiene mucha importancia: no creo que sirva para nada en este juicio que esté cabeza arriba o cabeza abajo".

Cuando los miembros del jurado se recobraron de la emoción que les causó su caída y cuando se encontraron sus lápices y pizarras y se los devolvieron, se pusieron a redactar en detalle y con mucho celo la historia de su accidente; todos, menos la lagartija, que parecía demasiado abrumada para hacer otra cosa que estar sentada con la boca abierta contemplando el techo.

—¿Qué sabe de este asunto? —preguntó el Rey.

—Nada —dijo Alicia.

—¿Absolutamente nada? —insistió el Rey.

—Absolutamente nada —dijo Alicia.

—Eso es de suma importancia —declaró el Rey, volviéndose hacia el jurado.

Estos se disponían a apuntarlo en sus pizarras, cuando intervino el Conejo Blanco:

—Por supuesto, su Majestad habrá querido decir: "De poca importancia" —dijo muy respetuosamente, pero frunciendo el ceño y haciéndole muecas.

—Por supuesto, quise decir "de poca importancia" —se apresuró a corregir el Rey, y se puso a repetir en voz baja—: De suma importancia, de poca importancia, de poca importancia, de suma importancia —como si tratara de encontrar cuál sonaba mejor.

Algunos miembros del jurado apuntaron "de suma importancia" y otros "de poca importancia". Alicia se dio cuenta de ello, pues estaba bastante cerca de ellos para poder leer en sus pizarras. "Pero, de todas formas —pensó—, no tiene la menor importancia."

En ese momento el Rey, que había estado durante unos minutos muy atareado garabateando en su libreta, gritó:

—¡Silencio! Y se puso a leer en voz alta: Artículo cuarenta y dos: *Toda persona que mida más de un kilómetro de altura tendrá que abandonar la sala.*

Todos miraron a Alicia.

—¡Si yo no mido un kilómetro de altura! —dijo Alicia.

—¡Claro que sí! —afirmó el Rey.

—¡Casi dos kilómetros! —añadió la Reina.

—De todas formas no me iré de aquí —declaró Alicia—. Además este artículo no forma parte del código: acaba de inventárselo ahora mismo.

—Es el artículo más antiguo del Código —dijo el Rey.

—Entonces, tendría que llevar el número uno —observó Alicia.

El Rey palideció y cerró rápidamente su libreta.

—Dad vuestro veredicto —ordenó a los miembros del jurado con voz baja y temblorosa.

—Con la venia de Su Majestad, faltan todavía por comparecer más testigos —dijo el Conejo Blanco levantándose de un salto—. Acabamos de encontrar este papel.

—¿Qué dice? —preguntó la Reina.

—Aún no lo he abierto —respondió el Conejo Blanco—, pero esto se parece a una carta escrita por el preso a... alguien.

—Eso será —dijo el Rey—; a no ser que esta carta no haya sido escrita por nadie, lo cual nó es muy corriente, como sabéis.

—¿A quién va dirigida? —preguntó uno del jurado.

—No va dirigida a nadie —respondió el Conejo Blanco—. De hecho, no hay nada escrito en la parte de fuera—. Desdobló el papel mientras hablaba y luego añadió—: Pero ¡si no es una carta; son versos!

—¿Están los versos escritos por la mano del preso? —preguntó otro del jurado.

—No —respondió el Conejo Blanco—; y eso es lo más curioso del caso. (Todos los miembros del jurado se sintieron desconcertados.)

—Habrá imitado la letra de otra persona —dijo el Rey. (Todos los miembros del jurado se sintieron entonces aliviados).

—Con la venia de Su Majestad —declaró la Sota de Corazones—, yo no he escrito estos versos y nadie puede probar que lo haya hecho, puesto que no están firmados.

—Si no los has firmado —dijo el Rey—, entonces esto agrava más el caso. Si no hubieras tenido malas intenciones, hubieras firmado con tu nombre, como toda persona honrada.

Al oir estas palabras, todos se pusieron a aplaudir, pues era la única cosa realmente inteligente que había dicho el Rey en todo el día.

—Evidentemente, esto prueba su culpabilidad —declaró la Reina.

—¡Eso no prueba absolutamente nada! —exclamó Alicia—. ¡Será posible ¡Si ni siquiera usted sabe de qué se trata!

—Lee esos versos —ordenó el Rey.

El Conejo Blanco se puso las gafas.

—Con la venia de Su Majestad, ¿por dónde tengo que comenzar? —preguntó.

—Comienza por el comienzo —dijo el Rey con tono grave—, y continúa hasta que llegues al fin; entonces, para.

Había un silencio de muerte en la sala del Tribunal, cuando el Conejo Blanco leyó esos versos: [58]

Me dijeron que fuiste a verla a ella
y que me encomendaste; por su hablar,
le gustó mi carácter, pero dijo
que yo no sé nadar.

Mandó decir que yo no había sido
(mas nosotros sabemos ya que sí).
Pero, ¿y si ella insistiera?... En ese caso,
¿qué sería de ti?

Yo le di una; ellos dos le dieron
Tú nos diste otras tres o cosa así.
Aunque antes fueran mías, luego todas
volvieron de él a ti.

Si ella o yo por ventura nos halláramos
mezclados en toda esta confusión,
él confía en que tú podrás librarlas
como confío yo.

Tengo la sensación de que antes fuiste
(después aquel ataque a ella le dio)
un obstáculo atroz que se interpuso
entre el sueño, él, tú y yo.

Que él no sepa que ella los prefería,
porque esto es un secreto, y es mejor
que este secreto eterno lo sepamos
solamente los dos.

—Esa es la prueba más importante que tenemos
hasta ahora —dijo el Rey frotándose las manos—. Visto
lo cual, que los miembros del jurado...

—Si hay un solo miembro del jurado capaz de
explicar esos versos —declaró Alicia (había crecido
tanto durante los últimos minutos, que ya no le daba
ningún miedo interrumpir al Rey)—, le doy sus
peniques. A mi parecer, no tienen ningún sentido.

Todos los miembros del jurado escribieron en sus
pizarras: "A su parecer, no tienen ningún sentido",
pero ninguno de ellos intentó explicar los versos.

—Si no tienen ningún sentido —dijo el Rey—, esto nos
evita mucho trabajo, pues no necesitamos buscar
uno... Sin embargo, me pregunto si será verdad
—prosiguió, extendiendo la hoja de papel sobre sus
rodillas y leyendo los versos con un ojo—; a pesar de
todo, me parece que quieren decir algo... Por ejemplo:
Dijo que yo no sé nadar... No sabes nadar, ¿no es
cierto? —añadió, volviéndose hacia la Sota.

La Sota sacudió la cabeza tristemente:

—¿Tengo yo pinta de saber nadar? —dijo—. (Ciertamente no tenía pinta de saber nadar, puesto que estaba hecha de cartón).

—Hasta ahora todo va bien —declaró el Rey.

Luego, continuó leyendo los versos en voz baja:

—*Nosotros sabemos ya que sí...* Se refiere a los miembros del jurado, por supuesto... *¿Y si ella insistiera?...* No puede ser otra que la Reina... *En ese caso, ¿qué sería de ti?...* ¡Eso digo yo!...*Yo le di una, ellos dos le dieron...* ¡Ya está claro! Esto debe ser lo que hizo con las tartas.

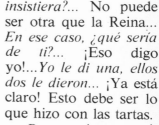

—Pero sigue así: *Todas volvieron de él a ti* —dijo Alicia.

—¡Pues claro, y aquí están! —exclamó el Rey. con voz triunfante indicando con el dedo las tartas que estaban encima de la mesa—. No hay nada más claro. Con relación al verso:

161

Después aquel ataque a ella le dio... Jamás te ha dado un ataque, querida, ¿verdad? —preguntó a la Reina.

—¡Jamás! —exclamó furiosa, arrojando un tintero a la cabeza de la lagartija. (El desgraciado Bill había dejado de escribir en su pizarra con su dedo, al darse cuenta de que no dejaba marca alguna; pero ahora se puso rápidamente al trabajo usando la tinta que le chorreaba por la cara hasta que se le secó).

—Entonces no creo que, con estas palabras, se te ataque a ti —dijo el Rey.

Luego miró a su alrededor sonriendo con aire satisfecho. Hubo un silencio de muerte.

—¡Es un juego de palabras! —añadió el Rey irritado. Y todos se echaron a reir.

—Que los miembros del jurado den su veredicto —ordenó el Rey por enésima vez.

—No, no —dijo la Reina—. Primero la sentencia, después el veredicto.

—¡Qué estupidez! —protestó Alicia en voz alta—. ¡Vaya una idea!

—¡Cállese! —ordenó la Reina, poniéndose morada de

—¡No me callo! —replicó Alicia.

—¡Que le corten la cabeza! —chilló la Reina con todas sus fuerzas.

Nadie se movió.

—¿Quién le va a hacer caso? —preguntó Alicia (quien había recobrado entonces su talla normal)—. No son más que una baraja.

Al decir estas palabras, todas las cartas se elevaron por los aires y le cayeron encima. Lanzó un grito de cólera y de miedo, intentó apartarlas con sus manos y se encontró tendida en la orilla, con la cabeza encima de las rodillas de su hermana, que le quitaba suavemente de la cara algunas hojas secas caídas de los árboles.

—¡Alicia, querida, despierta! —le dijo su hermana—.
¡Cuánto has dormido!

—¡Qué sueño más raro acabo de tener! —exclamó
Alicia.

Y se puso a contar lo que pudo recordar de todas
las extrañas aventuras que acabáis de leer.

Cuando hubo terminado, su hermana la besó y le dijo:

—Es un sueño realmente muy extraño, querida, pero, ahora, corre a casa y tómate el té; ya se está haciendo tarde.

Alicia se levantó y se fue corriendo pensando en el sueño maravilloso que acababa de tener.

Pero su hermana se quedó sentada sin moverse del sitio en que la había dejado la niña, con la cabeza apoyada sobre la mano, pensando en Alicia y en sus maravillosas aventuras, hasta que ella también se puso a soñar despierta. Y éste fue su sueño.

Al principio soñó con la pequeña Alicia. De nuevo sintió las manecitas cruzadas sobre las rodillas y los ojos ávidos y brillantes fijos en los suyos; creyó oir el timbre de su voz y el ligero movimiento de su cabeza echada hacia atrás para apartar los pelos, que siempre le caían encima de los ojos; y mientras escuchaba, o creía escuchar, le pareció que veía agitarse a su alrededor todas las criaturas extrañas del sueño de su hermanita.

A sus pies, las altas hierbas se pusieron a susurrar, mientras el Conejo Blanco pasaba de prisa... El Ratón espantado cruzó el charco vecino chapoteando ligeramente... Oyó el ruido de las tazas de té de la Liebre de marzo y de sus amigos eternamente sentados ante su eterna merienda, y la voz aguda de la Reina ordenando la ejecución de sus desgraciados invitados... Una vez más, el niño cerdo estornudó encima de las rodillas de la Duquesa, mientras se estrellaban a su alrededor los platos y las fuentes... Una vez más el grito del Grifo, el chirriar del lápiz en la pizarra de la Lagartija, los débiles suspiros de los Conejillos de Indias ahogados se mezclaron con los lejanos sollozos de la infeliz Falsa Tortuga.

Se quedó así, con los ojos cerrados, creyendo casi encontrarse en el País de las Maravillas, aunque sabiendo muy bien que sólo bastaría abrirlos para volver a la insípida realidad. La hierba no susurraría más que al ruido del viento y únicamente el balanceo de los juncos arrugaría la superficie del charco... El tintineo de las tazas de té se convertiría en el tintineo de las campanillas de los corderos, los gritos agudos de la Reina no serían más que la voz de un pastorcillo... Los estornudos del niño cerdo, los gritos del Grifo y todos los demás ruidos extraños se convertirían (lo sabía muy bien) en el rumor confuso que venía del corral, mientras los lejanos mugidos del ganado reemplazarían los grandes sollozos de la Falsa Tortuga.

Por último, se imaginó a su misma hermanita convertida en una mujer. Estaba segura de que, en los años siguientes, Alicia conservaría su corazón de niña, tan amante y sencillo; reuniría a su alrededor a otros niños, cuyos ojos se volverían brillantes y ávidos al escuchar otras muchas historias extraordinarias, incluso quizá este antiguo sueño del País de las Maravillas. Sentiría sus pequeñas tristezas y se alegraría con sus pequeñas alegrías, recordando su propia infancia y los felices días de verano.

NOTAS

[1] Lewis Carroll recuerda en este poema inicial aquel paseo en barca que dio el viernes, 4 de julio de 1862, con las hermanas Liddell —"Prima" es Lorina Charlotte, la mayor, tenía entonces trece años; "Secunda", Alice Pleasance, de 10 años, y "Tertia", Edith, de 8 años —y con el Reverendo Robinson Duckworth. En su diario anotó: "He seguido el río hasta Godstow con las tres pequeñas Liddell; hemos tomado el té en la orilla y no hemos vuelto al Christ Church hasta las ocho y media..."

Siete meses más tarde añadía en el diario: "En aquella ocasión les conté la historia de *Las aventuras subterráneas de Alicia*"...

Stuart Collingwood, en *Vida y cartas de Lewis Carroll*, recoge el testimonio de Alice Pleasance: "La mayor parte de las historias nos las fue contando el señor Dodgson durante las excursiones en barca que hacíamos a Nuneham o a Godstow, cerca de Oxford. Mi hermana mayor, ahora señora de Skene, era "Prima", yo era "Secunda", y "Tertia", mi hermana Edith. Creo que el principio de Alicia nos lo contó una tarde de verano, cuando el sol calentaba tanto, que tuvimos que desembarcar a la orilla del río, abandonando la barca para refugiarnos bajo la única sombra que encontramos, debajo de un árbol. Ahí salió de las tres la vieja petición: "Cuéntanos una historia", y así empezó la maravillosa historia. Algunas veces, para enfadarnos, el señor Dodgson —a lo mejor estaba cansado de verdad— interrumpía de repente la historia y decía: "Y esto es todo hasta la próxima vez". Pero las tres exclamábamos: "Ya es la próxima vez"; y después de rogarle un poco, la historia seguía de nuevo...

Por último, el testimonio del Reverendo Duckworth en *El libro ilustrado de Lewis Carroll*: "...recuerdo también muy bien que, cuando llevamos a las tres niñas al decanato, Alicia, al darnos las buenas noches, dijo: ";Señor Dodgson, me gustaría que escribiera para mí *Las aventuras de Alicia!*" El le contestó que intentaría hacerlo.

[2] Los antiguos peregrinos, según una vieja costumbre, solían llevar coronas de flores marchitas en su cabeza.

[3] Las ilustraciones de Tenniel no son retratos de Alice Liddell, que tenía el pelo corto y moreno. Carroll mandó a Tenniel una fotografía de Mary Hilton Badcock, otra niña que conocía, para que le sirviera de modelo. Tenniel no siguió el consejo de Carroll, según consta en una carta que escribió Carroll después de publicado el libro. Esta carta está sacada del libro de la señora Lennon sobre Carroll:

"El señor Tenniel es el único ilustrador que ha trabajado para mí, y se ha negado terminantemente a servirse de un modelo, declarando que él necesitaba un modelo lo mismo que yo la tabla de multiplicar para resolver un problema de matemáticas. Me atrevo a pensar que estaba equivocado y, por prescindir de modelo, hizo algunos retratos de *Alicia* completamente desproporcionados —cabeza demasiado ancha y pies demasiado pequeños".

[4] La expresión inglesa era: "The Antipathies, I think" (Las antipatías, creo yo). En inglés, se pronuncian igual *antipathies* (antipatías) y *antipodes* (antípodas), de ahí el juego de palabras; hemos intentado resolverlo a nuestro modo.

[5] Cuando Carroll era bibliotecario del Christ Church, solía estar en una habitación pequeña, que daba al jardín del decano, en el que las pequeñas Liddell jugaban al "croquet". Es de suponer que Carroll las viera jugar entre los macizos de flores y las frescas fuentes.

[6] Alicia emplea la expresión: "Curiouser and curiouser", incorrecta en inglés. En efecto, usa un comparativo incorrecto del adjetivo "curious". Hubiera debido decir: "more and more curious". De ahí la casi imposibilidad de traducir este matiz.

[7] Refiriéndose al Conejo Blanco, Carroll en su artículo "Alice on the Stage" (Alicia en el escenario) escribió: "¿Y qué pensar del Conejo Blanco? ¿Su creación se había inspirado en la línea de Alicia o en contraposición a ella? Sin duda, como contraposición.

[8] El autor insiste en todo el libro en la parodia de poemas y libros que Alicia y sus hermanas aprendieron en la escuela. Aquí por ejemplo, se trata del poema "Contra la pereza y los malos juegos" sacado del libro *Cantos divinos para niños*, del inglés Isaac Watts (1674-1748).

¡Ved cómo la industriosa abeja fiel
aprovecha cada hora luminosa
para libar el día entero miel
de cada abierta flor, de cada rosa!

¡Con cuánta habilidad su celda inven-
                                    [ta
con qué primor tiende la cera rica,
y se afana en surtirla bien atenta
con el dulce alimento que fabrica!

En cosas de labor y habilidad
yo también debería ejercitarme,
pues Satán siempre, encuentra la mal-
                                    [dad
para, si estoy ocioso, esclavizarme.

Que mis primeros años pasen llenos
de libros, de trabajo y juegos buenos,
para poder, al fin de cada día,
contar con obras buenas y alegría.

[9] Estas casetas de baño eran individuales y montadas sobre ruedas. Las introducían en el mar caballos hasta llegar a la profundidad que deseaba el que se bañaba. Una puertecita daba al mar. En la parte trasera había un quitasol grande, que protegía de las miradas inoportunas.

[10] El Pato (*Duck*, en inglés) es el Reverendo Duckworth; el Loro es Lorina Liddell, hermana mayor de Alicia; el Aguilucho es Edith, la otra hermana de Alicia; el Dodo es el mismo Carroll, pues tartamudeaba y pronunciaba su nombre "Do-Do—Dodgson". En cuanto a "las otras muchas y curiosas criaturas" son las hermanas de Carroll, Fanny y Elizabeth, y su tía Lucy Lutwidge. Carroll recoge un dato real de su vida. El 17 de junio de 1862 Carroll hizo una excursión en barca con todos los arriba mencionados... En su diario leemos:
    "17 de junio: excursión a Nuneham. Duckworth e Ina, Alicia y Edith fueron con nosotros. Salimos hacia las dos; comimos allí, nos dimos un paseo por el parque y volvimos a casa hacia las cuatro y media. Cuando estábamos a una

milla de Nuneham, empezó a llover mucho y, después de aguantar un rato, decidí que más valía dejar la barca y caminar. Anduvimos tres millas y nos empapamos de lo lindo. Yo iba delante con las niñas, que podían caminar más de prisa que Elizabeth, y las llevé a la primera casa que conocía en Sandford, la de la señora Broughton. Las dejé allí para que se secaran la ropa, y salí en busca de un vehículo, pero no encontré ninguno, por lo que, cuando llegaron los otros, Duckworth y yo fuimos a Iffley y les mandamos un cabriolé."

11 El editor del diario de Carroll, Green, identifica estas líneas como sacadas de un libro de Havilland Chepmell, *Short Course of History* (Una clase corta de historia), 1862. Por otra parte, las pequeñas Liddell estudiaban ese libro con su institutriz, la señora Prickett. No cabe duda de que Lewis Carroll lo conocía. Según Green, el Ratón podría representar a la institutriz.

12 Al dirigirse el Dodo a los demás, emplea palabras que proceden del vocabulario francés *(immediate, adoption, energetic, remedies)*, quizá debido a la lección de historia franco-inglesa que el Ratón acaba de soltarles, de ahí el comentario del Aguilucho, "Speak english" (Habla inglés). No se podía traducir literalmente esta expresión, por lo que se ha buscado una equivalencia.

13 El título inglés de este capítulo es *A Caucus-Race:* literalmente, *Una carrera de comité electoral.* El término *Caucus* apareció primero en Estados Unidos, luego en Inglaterra. Era una especie de junta de líderes de un partido para elegir a un candidato. Hay que ver en esa carrera una crítica de esas elecciones. Esta carrera de comité electoral no apareció en el manuscrito original, *Las aventuras subterráneas de Alicia.* En su lugar, apareció el siguiente pasaje, basado en el episodio antes citado:
"Quise sólo decir —añadió el Dodo en tono casi ofendido— que yo conozco cerca de aquí una casa donde podríamos llevar a la joven señorita y al resto del grupo que está empapado, y allí podríamos escuchar a gusto la historia que tan amablemente nos ha prometido —y se inclinó gravemente hacia el Ratón."
El Ratón no puso ninguna objeción y todo el grupo echó a andar por la orilla del río, pues el charco durante ese tiempo había empezado a sumergir las paredes y el borde estaba lleno de bagatelas y objetos perdidos, en una larga procesión, encabezada por el Dodo, que enseñaba el camino. Después de un rato, el Dodo se impacientó y, encargando al Pato del resto del grupo, adoptó un paso más rápido con Alicia, el Loro y el Aguilucho, y pronto llegaron a una pequeña casa y allí se sentaron cómodamente al lado del fuego, se arroparon con mantas hasta que llegó el resto del grupo; de nuevo estuvieron secos."

14 En inglés *tale* (= historia) y *tail* (= cola) suenan igual. De ahí el equívoco humorístico. Literalmente, el texto dice:
(—Es una *historia* larga y muy triste —exclamó el Ratón...
—Ciertamente es una *cola* muy larga —dijo Alicia—, pero, ¿por qué la encuentras tan triste?)

15 La cola del Ratón es quizá el mejor ejemplo en inglés de poesía figurativa, precisamente uno de los sistemas que utiliza actualmente la poesía experimental. Este artificio se remonta a la Grecia Antigua. Ha sido empleado también por conocidísimos poetas: Robert Herrick, Mallarmé, Apollinaire.
En su diario, Carroll confiesa que la idea de la cola del Ratón se le ocurrió a raíz de una conversación con Tennyson, quien le contaba que había soñado hacer

un poema sobre hadas, que empezaría con líneas largas, que irían disminuyendo hasta llegar a 5 ó 6 líneas con dos sílabas cada una. Por lo demás el procedimiento de ir disminuyendo el número de sílabas en cada estrofa fue también utilizado por nuestros románticos Zorrilla y Espronceda.

En el manuscrito original del libro aparecía otro poema diferente, que correspondía a la promesa del Ratón de contar por qué odiaba a los perros. Decía

Vivíamos debajo del felpudo,
calientes, cómodos y gordos.
Pero vino alguien, y ese fue
el gato.
Para nuestras alegrías fue un obstáculo,
para nuestros ojos, una niebla,
para nuestros corazones, un peso:
era el perro.
Cuando el gato está fuera

los ratones pueden jugar.
Pero, ¡ay!, un día,
(eso dicen ellos)
vinieron el perro y el gato
a cazar ratas,
aplastaron los ratones en todo el piso,
estaban sentados debajo del felpudo,
calientes, cómodos y gordos.
Pensad en ello.

16   Otro juego de palabras intraducible. En inglés, *knot* (nudo) y *not* (negación *no)* suenan igual. Literalmente el texto inglés dice así:
"I had *not!*"cried the Mouse, angrily.
"A knot!" said Alice
(—En absoluto —gritó furioso el Ratón
—¡Un nudo! —dijo Alicia)
Para que tuviera sentido he añadido la frase "¡ni siquiera había llegado al nudo de mi historia!"

17   El título inglés es *The Rabbit Sends in a Little Bill* (El Conejo envía *al pequeño Bill* o también envía *un mensaje).*
La palabra *Bill* tiene el significado de "nota-mensaje", además de ser el diminutivo de William = Guillermo.

18   Parodia del poema *El consuelo de la vejez* y de cómo lograrlo, del inglés Robert Southey (1774-1843)

—*Sois viejo, padre Guillermo*
—*empezó diciendo el joven—,*
y los escasos cabellos
que os quedan en la cabeza
ya del todo encanecieron.
Sois un viejo alegre, sano
y fuerte, padre Guillermo.
Mas, ¿cómo lo habéis logrado?
Explicádmelo, os lo ruego.

—*En mis años juveniles*
—*replicó padre Guillermo—*
siempre a cada instante tuve
presente que pasa el tiempo,
y así cuidé mi salud
y las fuerzas de mi cuerpo,
para que no me faltasen
cuando, al final, fuera viejo.

—*Sois viejo, padre Guillermo*
—*prosiguió diciendo el joven—,*
y con la edad es un hecho
que los placeres se esfuman,
se disipan sin remedio.
Empero, no os lamentáis
del pasado ni del tiempo.
¿De qué modo lo lograsteis?
Explicádmelo, os lo ruego.

—*En mis años juveniles*
—*replicó padre Guillermo—*
siempre recordé que el brío
y el vigor no son eternos,
y tuve siempre el futuro
presente en todos mis hechos,
porque en los últimos días
no me pesara el comienzo.

170

-Sois viejo, padre Guillermo
-prosiguió diciendo el joven-,
y la vida os deja presto,
pero habláis sobre la muerte
con alegría y afecto.
¿Cómo tenéis ese ánimo?
Explicádmelo, os lo ruego.

-Me siento feliz, muchacho
-replicó padre Guillermo-.
Y ahora fíjate bien
en la razón de todo ello:
en mis días juveniles
tuve temor y respeto
a Dios, y El no me ha olvidado
ahora que ya soy viejo.

[19] En la versión original de *Las aventuras subterráneas de Alicia* el precio del ungüento era de cinco chelines.

[20] En la versión original había una variante: la Oruga decía a Alicia que el *sombrero* la haría crecer y el *tallo* menguar.

[21] Para dibujar a la Duquesa probablemente le sirviera de modelo a Tenniel el retrato "La Duquesa fea" (Ugly Duchess) del pintor flamenco Quintin Matsys (1446-1530). El cuadro de Matsys representaba a Margaretha Maultasch, que tenía fama de ser la mujer más fea de la Historia.

[22] En tiempo de Carroll había una expresión que decía: "Sonreír como un gato del Condado de Chester" (Grin like a Cheshire Cat). No se sabe exactamente el origen de esa frase.

[23] El texto inglés dice:
"... You see, the earth takes twenty-four hours to turn round on its *axis*"
"Talking of *axes*", said the Duchess, "chop off her head"
(-Como usted sabrá la tierra necesita veinticuatro horas para girar sobre su *eje*...
-Hablando de *hachas*, ¡que le corten la cabeza!)
En inglés, *axis* (eje) y *axes* (hachas) se pronuncian igual. En español, este juego de palabras era intraducible.

[24] La canción de cuna que canta la Duquesa es una parodia de una poesía, "Speak Gently" (Habla dulcemente), atribuida por unos a G.W. Langford y por otros a David Bates. Sólo transcribo la primera estrofa.

> ¡Habla con amabilidad! Es mucho mejor
> gobernar con amor que con miedo.
> ¡Habla con amabilidad! No emplees palabras duras
> cuando cuesta tan poco hablar bien.

[25] Como ya se ha dicho, Carroll sentía mucho cariño hacia las niñas, pero no le gustaban nada los niños. A lo mejor, hay un lado malicioso en el hecho de transformar en cerdo a un niño malo. En su novela, *Silvia y Bruno*, sucedía algo parecido. En una carta que dirige a Maggie Cunnynghame, termina con estas líneas rimadas en inglés:
"Todo mi cariño para usted, para su Madre, recuerdos a su pequeño, gordo, impertinente, ignorante hermano, mi odio, creo que eso es todo".

[26] En tiempo de Carroll se decía: "Mad as a Hatter" (más loco que un sombrerero) y "Mad as a March Hare" (más loca que una liebre de marzo). Esto explica la elección de estos dos personajes por Carroll. Por otra parte, la locura de

171

los sombrereros estaba demostrada en aquella época. Para tratar el fieltro usaban mercurio, que poco a poco iba atacándoles los ojos, las articulaciones y el habla. Este envenenamiento podía llegar a provocarles alucinaciones. La expresión "más loco que una liebre de marzo" alude a las cabriolas frenéticas de la liebre macho en el mes de marzo, época de celo.

27. Dice la frase inglesa:
"Did you say "pig" or "fig"?" said the Cat.
—(¿Has dicho "cerdo" o "higo"? —dijo el Gato.)
En español había que encontrar una palabra parecida a cerdo.

28 El Sombrerero que dibujó Tenniel, tiene un parecido con un tal Theophilus Carter, un comerciante de los alrededores de Oxford. Ese Carter era conocido como el *Sombrerero loco*, porque llevaba un sombrero muy alto y también porque tenía ideas muy originales y excéntricas. Este capítulo del Sombrerero, de la Liebre de marzo y del Lirón no aparecía en *Las aventuras subterráneas de Alicia*.

29 En el capítulo anterior decía para sí Alicia: "Como estamos en *mayo*, puede ser que no esté loca furiosa". En este capítulo, Alicia añade que están a 4. Entonces, las aventuras subterráneas de Alicia suceden un 4 de mayo. Por otra parte, el cumpleaños de Alice Liddell caía un 4 de mayo. Como había nacido en 1852, tenía 10 años, cuando Carroll decidió escribir el cuento...

30 La frase inglesa dice:
"But I know I have to beat time when I learn music", que traducido literalmente daría:
(—Pero sé que tengo que llevar el compás, cuando estudio música).
En inglés, *time* significa a la vez "tiempo" y "compás". De ahí, el juego de palabras.

31 El Sombrerero parodia la 1ª estrofa de una poesía inglesa muy conocida, que escribió Jane Taylor, cuyo título es *"La estrella"*. La 1ª estrofa dice así:

> *"Brilla, brilla, pequeña estrella,*
> *yo me pregunto dónde estarás.*
> *Allá tan alta sobre la tierra,*
> *como un diamante en el cielo estás"*

32 Las tres hermanitas son las hermanas Liddell. Elsie es la pronunciación inglesa de L.C., iniciales de Lorina Charlotte. Lacie es un anagrama de Alice. Tillie es el apodo familiar (Matilde) de Edith.
El texto inglés dice: "Three little sisters" (tres hermanitas). Pero *Little* en inglés se parece mucho fonéticamente al nombre propio de las niñas "Liddell".

33 Otro juego de palabras intraducible en español. El inglés emplea la misma palabra *"to draw"* para *dibujar* y *sacar de*.

34 Todos los miembros de la Corte representan los 4 palos de la baraja inglesa. (En otros pueblos esta baraja se utiliza para jugar al póquer). Los soldados representan los *tréboles*. Los cortesanos, los *diamantes*. Los Infantes, los *corazones*, y los jardineros, las *picas*.

[35] Refiriéndose a la Reina de Corazones, Carroll escribió en un artículo titulado *Alice on the Stage:* "Retraté a la Reina de Corazones como una especie de personificación de una pasión ingobernable con una furia ciega y sin objeto."

[36] Los *flamencos* son aves anseriformes, que se caracterizan por tener un pico, un cuello y patas muy largas. Viven en Asia, Africa y en regiones mediterráneas. En el manuscrito original de *Alicia* los mazos eran avestruces.

Hay que apuntar que Carroll dedicaba mucho tiempo a confeccionar nuevos y desconocidos juegos de sociedad.

[37] Esa expresión proverbial común en Inglaterra quiere decir que hay cosas que un inferior puede hacer en presencia de un superior. Alude, en una palabra, a la dignidad.

[38] Quien dijo esto fue la misma Duquesa en el capítulo 6.

[39] Carroll juega con un proverbio inglés que dice:

"Take care of the pence and the pounds will take care of themselves" (Cuídate del penique, pues las libras vienen por sí solas). Esta observación de la Duquesa es a veces citada como una regla que hay que seguir en prosa e incluso en poesía.

[40] A los ingleses les gusta la sopa de tortuga ("Turtle soup"), pero, como cuesta caro, se echa a cambio cabeza de ternera ("Mock turtle soup"). Carroll finge considerarla como otro tipo de tortuga. Y esto explica que Tenniel dibuje su Falsa Tortuga con la cabeza, las patitas de atrás y el rabo de ternera.

[41] El Grifo es un monstruo fabuloso con cabeza, garras y alas de águila y el resto de león. Este animal mitológico era el símbolo medieval común de la unión de las dos naturalezas (la humana y la divina) en Cristo, como puede verse en *La Divina Comedia*, por ejemplo.

Según Vivien Green, el Grifo era el emblema del Colegio Trinity de Oxford. Aparece en el portal principal. No cabe duda de que Carroll lo conocía.

[42] Nótese el doble juego de palabras: *palustre,* además de tortuga de tierra es la *paleta* del albañil. En inglés, el juego de palabras era entre *Tortoise* (tortuga de agua dulce) y la expresión *"Taugh us",* que fonéticamente suena igual, pero significa "nos enseñaba". Traducido literalmente, no tendría sentido.

[43] Esta frase: "Asignaturas optativas: francés, música y *lavado*" solía venir en los folletos de los internados. Quiere decir, por supuesto, que los alumnos tenían que pagar una cantidad más para poder estudiar francés y música y para que se les lavara la ropa en la lavandería del colegio.

[44] Todos los temas que cita la Falsa Tortuga son juegos de palabras. Ella equivoca los vocablos: por ejemplo, dice *oler* por *leer* y *escupir* por *escribir,* y así con lo demás: suma, resta, multiplicación, división, historia, geografía, dibujo, diseño, pintura al óleo, latín-griego.

[45] El inglés dice: "He taught *Laughing* and *Grief*". Es decir: "Enseñaba la risa y la tristeza". Por supuesto, fonéticamente, *laughing* se parece a *Latin* y *Grief* a *Greek.* Nosotros hemos intentado encontrar palabras que fonéticamente se parecieran a *latín* y a *griego.*

[46] Este capítulo está plagado de juegos de palabras. He aquí otro intraducible al español. El texto inglés dice:

"That's the reason they're called *lessons*", the Griffon remarked: "because they *lessen* from day to day."

(—Por eso. se llama a esto *lección* —observó el Grifo—. porque *se acortan de* día en día.)

En inglés *lesson* y *lessen* tienen un sonido parecido.

[47] El título inglés es "The Lobster Quadrille" (La Cuadrilla de las Langostas). Existía un antiguo baile de origen irlandés. que se componía de 5 figuras, que se llamaba "The *Lancer* Quadrille". Dada la semejanza fonética. hay que pensar que Carroll hizo otro juego de palabras. Además. ese baile existía en tiempos de Carroll y las pequeñas Liddell lo habían aprendido con un profesor de baile.

[48] La Falsa Tortuga parodia una fábula moral de Mary Howitt. titulada *The Spider and the Fly* (La mosca y la araña). Pero Carroll parodia sólo el principio de la fábula. que dice:

(¿Por qué no vas entrando en mi salón
—dijo la araña a la mosca—.
Es el salón más bonito
que jamás hayas visto.)

[49] El párrafo que sigue. traducido literalmente del inglés. no tiene sentido y carece de la jovialidad del inglés. En efecto. la palabra "whiting" tiene el doble significado de "pescadilla" y "blanco de España". Por otra parte. la palabra "blacking". que significa "betún negro". encierra el adjetivo de color "black" (negro). de ahí los juegos de palabras ingleses:

"What are your shoes done with?" said the Griffon.

They are done with *blacking*" answered Alice.

"Boots and shoes under the sea. said the Griffon. are done with *whiting.*"

(—¿Con qué se limpian tus zapatos? —dijo el Grifo.

—Se limpian con *betún negro* —respondió Alicia.

—Los zapatos en el fondo del mar se limpian con *blanco de España* —dijo el Grifo.)

[50] Otro juego de palabras doble esta vez. Como la traducción literal no tiene sentido alguno. he modificado entonces el texto. El inglés decía así:

"And what are they made of?" Alice asked...

"*Soles* and *eels*, of course". the Griffon replied...

(—¿Y de qué están hechas? —preguntó Alicia...

—De *lenguados* y *anguilas*, por supuesto —dijo el Grifo...)

La palabra *soles* significa "lenguado" y "suela". Y la palabra *eel* (anguila) se parece fonéticamente a *heel* (tacón).

Vista la imposibilidad de traducir este juego de palabras. he cambiado la pregunta de Alicia. para poder seguir haciendo juegos de palabras en español con los nombres de los peces. Tendremos en español:

— ¿Y quién los fabrica? —preguntó Alicia...

—El *Zapatero* con la *aguja* y el *martillo* —respondió...

En español. el nombre *zapatero*. además de ser un oficio. es también el nombre popular de la palometa o japuta. La *aguja* es una especie de sardina grande con la cabeza en forma de aguja. El *martillo* se refiere por supuesto al pez martillo.

[51] Ahora Carroll juega con 2 palabras fonéticamente iguales, pero de significado diferente: *porpoise* (marsopa o especie de delfín) y *purpose* (proyecto, fin).

[52] Se trata de una parodia de *"El haragán"* de Isaac Watts (1674-1748). He aquí las tres primeras estrofas:

> ¡Es la voz del haragán! He oído que se quejaba:
> "Me has despertado muy pronto y tengo que dormir más."
> Y en cuanto cierran la puerta se da la vuelta en la cama:
> ¡Lomos, hombros y cabeza le pesan al haragán!
>
> "Quiero dormir otro poco, un poco más de descanso..."
> Así malgasta sus horas y días el haragán.
> Y cuando al fin se levanta, está mano sobre mano
> y sin propósito alguno anda de aquí para allá.
>
> Pasé ayer por su jardín, y vi las zarzas y cardos
> crecer por las cuatro esquinas del jardín del haragán.
> De sus miembros le colgaban, en vez de ropas, harapos,
> y, aun así, gasta el dinero hasta que no tenga pan.

[53] Carroll no terminó el verso que sin duda sería "comiéndose al Búho aquel", a juzgar por la ópera de Savile Clarke, estrenada en 1886, en que aparecieron estas palabras...

[54] Es una parodia de una canción popular, *"Estrella vespertina"*, canción que, según declara Carroll en su diario el 1º de agosto de 1862, le cantaban las pequeñas Liddell. La letra y la música eran de James M. Sayles.

[55] En *Alicia para los pequeños* Carroll señaló que los doce miembros del jurado estaban pintados. Los llamó rana, lirón, rata, hurón, cerdo, lagartija, gallo, topo, pato, ardilla, cigüeña, ratón.

[56] El Conejo Blanco lee sólo la primera estrofa de un poema que originalmente apareció en "The European Magazine" (Abril de 1782).

[57] La Reina parece recordar la anécdota del capítulo 7, es decir, cuando el Sombrerero cantando "Titila, titila murcielaguito" se cargaba el Tiempo, según ella. Además esta palabra empalma con el "titilar del té..."

[58] Los versos que lee el Conejo Blanco son la adaptación o mejor dicho la transformación de otro poema de Carroll, que había publicado anteriormente en "The Comic Times" de Londres. Constaba de 8 estrofas también sin sentido y se titulaba "She's all my fancy painted him" (Mi única pasión es pintarle). El primer verso de aquel poema estaba copiado de una canción sentimental de William Mee, muy popular en aquel tiempo, que se titulaba "Alice Gray". Los demás versos del poema de Carroll no tenían nada que ver con esa canción.

Algunos vieron en ese poema una leve alusión al amor de Carroll por Alice Liddell. De hecho, la canción de William Mee contaba el amor frustrado de un hombre por cierta Alice Gray. Decía así:

¡Ah! ¡Cuán amable es ella, cuán divina!
Mi única pasión es dibujarla.
¡Ah! ¡Cuán amable es ella, cuán divina!
Pero su corazón lo tiene otro
y nunca será mía.

Yo la amo como nunca ha amado un hombre,
con un amor que nunca desfallece.
¡Mi corazón, mi corazón estalla
de amor por Alice Gray!

INDICE

INDICE